TRANSCENDENTAL

Más allá de la conciencia

FERNANDO FACUNDO ALVAREZ

<u>**El Orden del Todo**</u>

A MODO DE PROLOGO:

¿ Alguna vez se preguntaron por qué las figuras hindúes tienen varios brazos? Una vez, mientras trabajaba en una concesionaria de autos, estaba en un salón enorme que servía de estacionamiento para los "Chevrolet". Como mi labor me da la libertad de estar solo todo el tiempo de trabajo, puedo darme el lujo de imaginar y pensar distintas clases de teorías. Una de ellas fue: "¿Por qué las figuras hindúes tienen varios brazos?" Primeramente pensé en que sería muy lunático que me sentase a meditar y de repente comenzara a levitar, lo que lo hace más loco es que quedaría registrado por las cámaras de seguridad y sería un hecho épico para la humanidad. Pero cuando terminé de fantasear y me hice el cuestionamiento que expuse anteriormente, comencé a entrelazar teorías. Una de ellas, y la que me pareció más imposible pero válida, fue que mencionadas figuras al meditar comenzaban a realizar un movimiento ascendente con sus brazos. O sea, de tener las manos en la rodilla, comenzaban a levantarlas hasta la cabeza. Ustedes dirán "Pero eso no responde la pregunta" de cierta manera sí, imaginen que tienen una cámara de alta resolución y de alta velocidad, imaginen que captan una foto por segundo de la persona meditando, si comienza a realizar este movimiento ascendente con sus brazos, existirán decenas de fotografías de dicho movimiento, si las superpones a todas, obtendrás una imagen con muchos brazos. No me quedé solo con ese punto de la idea, sino que relacioné cada brazo con una dimensión espiritual. Esto es, el brazo sobre su rodilla sería esta dimensión – la física–, la siguiente sería la dimensión astral, luego la mental y así sucesivamente. Cuando terminé de pensar todas estas cosas me dije "Esto es Transcendental" y allí surgió el título de esta obra.

Podría estar horas escribiendo de cómo surge cada uno de los relatos que van a leer. Pero prefiero dejarles una explicación más general sobre el libro en sí. Les aviso que la vida suele ser un compendio de malos tragos que nos llevan a evolucionar como seres perfectos. No podemos evitar dar unos firmes pasos en las cloacas. "Transcendental" es básicamente un baño luego de pisar tanto estiércol. Hay un poco de realidad mezclada con ficción, una pizca de sátira sazonada de ironía, un poco de crítica social y, también: "un código fácil de ser leído, pero difícil de descifrar". En algunas páginas se encontrarán con el mensaje a simple vista, en otras el mensaje y la enseñanza estará muy bien escondida. No es una serie de cuentos para unos pocos, porque el simple verdulero puede entender y, tal vez, el más versado en los temas puede caer en la trampa de la ceguera (lo he comprobado, hay muchos maestros que solo tienen el título de tal).

Sin ánimos de anticipar, en dicho escrito hay mucho de nada y nada de mucho. Tanto así que hay ciertos hechos de la realidad mezclados con la fantasía. Eventos comunes entre todos los que caminamos esta existencia, situaciones que solo a mí me podrían pasar y hechos que le sucedieron a otros. Todo confluye en enseñanzas para el porvenir, exteriorizaciones de nuestro mar inconsciente, verdades del escalón donde nos encontramos. "Transcendental" tiene un enigma, una idea que vuela de un lado a otro, una batalla sin vencedores ni vencidos... quizás es un mensaje del más allá, dejado en el más acá.

Lo único que más importa, son sus propias conclusiones, que piensen por sí mismos e imaginen. "Transcendental" tiene como principal móvil, justamente esto.

EL JUICIO

odos sabemos lo que es cometer errores. Algunos, como yo, hemos tenido la desgracia de caer en el círculo vicioso de las tentaciones. Aun así, estoy aquí para redimirme y redimir, a cada uno de los presentes en este lugar."

Así comenzó hablando Ignacio "El Tortilla" Rodríguez a las 9:13 de la mañana, en el juicio que lo tenía como principal sospechoso del femicidio de Antonia "La Mula" Arredondo de 24 años de edad. Asesinada el 04 de Diciembre entre las 11 y las 13 horas de 2 disparos al corazón y 1 en la cabeza cuando su cuerpo ya estaba sin vida.

Este macabro hecho tuvo lugar en la vivienda de la víctima, donde se sospecha que el agresor pasó la noche con ella, tuvieron relaciones y luego la ejecutó. Momentos después ocultó el cadáver debajo de la cama envuelto en un acolchado viejo perteneciente a la familia. Su cuerpo fue descubierto, horas más tarde, por su pareja, quien notó manchas de sangre debajo de la mesa, en el baño y en las patas de la cama.

El señor Ignacio pidió un juicio abreviado y, según su abogado, tiene la coartada que dictamina su inocencia ante los cargos de Femicidio en Primer Grado, Violación y Violencia contra la mujer. Que, en el caso de ser declarado culpable, enfrentaría una condena mínima de 25 años o Cadena Perpetua. Hoy es el día en que comenzará la redacción de los hechos y todos los medios de comunicación nos encontramos atentos a sus palabras y, si el tiempo lo amerita, su versión del episodio en cuestión.

- "Todos sabemos, señores Jueces y damas y caballeros del Jurado que, sin mi presencia en este recinto, el juicio no puede ser llevado a cabo. Ustedes, tanto así como la fiscalía, accedieron a que sea público y transmitido en vivo por medio de las redes sociales. Si esto no se cumple, tengo la libertad de marcharme ya que, como habitante documentado de esta gran Nación, estoy respaldado por la ley suprema, que es nuestra constitución, donde expresamente se detalla que "soy inocente hasta que se demuestre lo contrario".

He aquí, explico ante la audiencia, y con el debido respeto que se merece la familia de la víctima, que hice esta solicitud debido a la malicia de los medios de comunicación que han "manchado" mi nombre por cada rincón de este país, dejándome como un "psicópata" y no sé qué otra cantidad de adjetivos denigrantes.

Para demostrar esto, he traído un recorte periodístico (uno, de las decenas que circularon en estas semanas) donde su autor "Gerardo Fernández" me tilda de "femicida" y con "demencia al consumar el acto" del que se me acusa. Llegado el caso que dicho periodista se encuentra en este mismo sitio sentado en la última fila, espero se quede hasta el final de la jornada y/o siga vía streaming lo que se dirá aquí.

Admito que cuando mencionó mi nombre, mi cuerpo tembló al ritmo de sus palabras. El miedo y terror se abalanzaron sobre mis venas sin piedad, el frío sudor de estar frente a un asesino, y que sepa mi nombre, no es un motivo de orgullo ni gloria, sino al contrario, cada parte de mí, deseaba huir del recinto y esconderse donde un psicópata como él jamás pudiera encontrarme.

Estoy seguro que mi rol en este lugar va más allá de mi oficio periodístico para el Diario Provincial. Debo confesar que conocí a Antonia Arredondo tiempo antes que apareciera este hombre y acabara con su vida. Aun así, estoy aquí para relatar los hechos del juicio y no sobre mi vida e investigaciones.

La fiscalía comenzó a mostrar, y explicar, las pruebas en contra del malhechor: llamadas del día anterior a su esposa y en la madrugada; testimonios que afirmaban la presencia del detenido respecto a la hora en que el cuerpo se estima fue atacado provocando su muerte; rastros de cabellos del agresor en la casa de la víctima, marcas de penetraciones en la vagina (aunque sin rastros de que el femicida sea, a su vez, quien tuvo relaciones con ella). Así, todas las pruebas apuntaban a su culpabilidad y era prácticamente innecesaria su declaración.

El juicio se pospuso para el día siguiente, después de tres horas de idas y vueltas de datos, declaraciones y todo lo que estas instancias conllevan, fui a almorzar con unos colegas. Hablamos respecto al agresor, compartimos opiniones y todos coincidimos en la culpabilidad del tipo. Además se mofaron de que haya nombrado mi artículo tratándolo de demente, hicieron bromas de que me buscaría como en alguna película de terror e imaginaban toda clase de eventos paranormales que podrían sucederme si el tipo alguna vez saboreaba la libertad.

Iniciada la segunda jornada del juicio, estuve allí como correspondía, en la última fila casi en un rincón de la sala. Observé la familia de la víctima, su madre con los ojos rojos de tantas noches de angustia y dolor que solo una mamá que pierde a su hija de manera tan drástica podría entender. Su hermana, con la furia de una venganza entre sus manos, los ojos desencajados pidiendo la sangre del victimario. Peor era la postura del padre, cabizbajo y con una apariencia solitaria, como si ya estuviera muerto y su cuerpo solo funcionara por inercia. Y después estaba la pareja, tipo de mirada firme que consolaba a la progenitora de su difunta esposa.

El delincuente ingresó al recinto con aire de superioridad, casi con una sonrisa dibujada en sus labios como si disfrutara del momento. Un psicópata desde todas las perspectivas. Hoy era turno de su declaración y la verdad sería descubierta de una vez por todas.

- Señor Ignacio Rodríguez, pase a testificar por favor – dijo respetuosamente el Juez.

- ¿Jura decir la verdad y nada más que la verdad?

- Sí, juro – dijo el imputado con la mano sobre el libro religioso.

- Muy bien Sr. Rodríguez, comience hablándonos de cómo fue su vida – afirmó el abogado defensor.

- Primero que nada, agradezco el tiempo que se han tomado todos los presentes. Lamento que estemos expuestos en tan desagradables circunstancias para no poder conocernos mejor. Ahora bien, iniciaré con el inicio de todo, de mi vida, para así concluir en los hechos que ustedes, en día de ayer, han expuesto tan magníficamente.

En mi expediente figura gran parte de mis antecedentes, no tendré la bajeza de decirles que no me hago responsable de lo que antes fui.

De niño no supe lo que era tener madre, pues se suicidó cuando apenas tenía 5 años; mi padre era un alcohólico que la golpeaba cada noche, hasta que la pobre no aguantó más y decidió irse a otro infierno más placentero.

Fui a la escuela hasta los 9 años, las maestras me daban clase a pesar de mi extrema pobreza. Ellas me inscribían cada año ya que era un buen alumno- aunque sé que me tenían lástima porque al salir de clases iba a juntar cartón, botellas o lo que fuera para vender y así poder comer. Mi papá llegaba todas las noches ebrio y varias veces fui culpable del suicidio de mi madre ¿saben cómo se siente eso? Dolían más las palabras que los golpes y, así, crecí siendo culpable de una muerte ¿Y saben qué era peor? Que varias veces debí cortar la soga donde el enfermo de mi papá colgaba del cuello, le salvaba la vida una y otra vez. Y no me sentía un héroe, solo lo hacía porque no deseaba otra culpa sobre mis espaldas.

Después de 4 enfermizos años decidí irme de casa, la calle me acobijó y fue cuando las malas juntas comenzaron a contaminarme. Primero, los delitos eran inocentes desde mi visión de niño, luego fueron agravándose y terminé por dispararle a un policía con tan solo 13 años. Viví oculto, huyendo, drogándome y ebrio hasta los 16 que traté de encontrar nuevamente al bastardo que me engendró. Él había conseguido pareja, una hermosa mujer de alma que me recibió con mucho amor y cariño. Dejó de tener esas tendencias suicidas y había abandonado el vicio etílico. Creí que todo iba a mejorar, hasta que el pasado golpeó mi puerta y volví a las calles, era lo único que sabía hacer. Asesiné a un tipo, un "delear" (un traficante) y luego no era buscado solo por la policía sino también por el ambiente que conocía. Allí nació mi apodo de "Tortilla" ya que me di vuelta por un inmundo paco. Al tipo le clavé dos puntadas letales en el abdomen y en el pecho, esta última puso fin a sus latidos después de desangrarse en el suelo. Tiré la faca y así, con la remera y los brazos ensangrentados enfilé camino a la terminal y tomar el primer colectivo que me llevara a la provincia más alejada... y terminé aquí.

Debo admitir que los primeros meses, vivía únicamente queriendo morir, ahogado en bebidas y drogas. Haciendo cualquier cosa para conseguir satisfacer mis dolores mentales y emocionales. En ese estado conocí mi ángel salvador, esa mujer que está filmando todo desde aquél rincón. Ella me rescató de todo y comencé a tener ganas de vivir un futuro...

- ¿Y esto qué tiene que ver con la muerte de Antonia Arredondo? – interrogó el abogado de la familia.

- Llegado a este punto de la narración, juré que jamás me convertiría en mi padre, por lo que le he dado mi respiración a mi mujer y eso incluye mi absoluta lealtad. Entonces, siéndole fiel tanto tiempo ¿Por qué iría a violar a una mujer que conocí accidentalmente? Espero responder su pregunta, Señor Abogado.

Y sí, conocí a Antonia y esa mañana estuve con ella, solo que nadie me preguntó qué hacía allí. Simplemente se sentaron en esas sillas a señalarme y, de la misma manera en que lo están haciendo ustedes, comenzaré a señalarlos.

Empezaré por el periodista Fernández que me tildó de demente. Sí, quizás lo soy, pero no ando de puticlub en puticlub cada jueves ni tengo amantes como la difunta Antonia. Y ya que estamos ¿Saben por qué le decían Mula? – Me vi avergonzado por la exposición de mi vida privada en público y la muchedumbre comenzó a murmurar lo que produjo que los jueces pusieran en orden la sala – Les decía, era traficante, creo que eso no lo tomaron en cuenta los dos policías que acudieron al llamado y que, de casualidad, fueron quienes me detuvieron. Ellos eran clientes de la señorita, y algo más también. Lo mejor de haber vagado en las calles es el poder conocer tantas personas y eso me lleva a saber que los oficiales Tobares y Saldano eran corruptos en varios puntos de la provincia y encima cuentan con el apoyo de usted, señor fiscal Martinelli – el escándalo en la sala se hizo oír y uno de los jueces volvió a intervenir –. Sí, usted que hoy está sentado allí acusándome, está involucrado en la desaparición de estupefacientes incautados en los operativos de la policía federal y que, luego con mucho descaro, comercializa a través de los agentes ya mencionados.

Ahora me dirijo a ustedes, señores jurados ¿Qué criterio tienen para juzgar mis obras? ¿Con qué argumento pueden decidir el bien y el mal en una historia como la mía? Son todos nenes de familias acomodadas, con menos experiencias reales que un renacuajo, pero con el culo más sucio que un mandril ¿Ustedes se creen capaces de juzgar mis capacidades? ¿Acaso creen que no sé sus secretos? Los conozco a cada uno de ustedes, sus fracasos, sus opiniones desacertadas y su ignorancia encubierta detrás de un título universitario. Esclavos de un sistema moralista falso que los adoctrinó durante años. Y repito ¿Ustedes se creen seres capacitados para juzgarme? ¿Ustedes que solo pueden rasgar la superficie de una pared sin entender el concreto con el que fue hecho? Ustedes le dan la libertad al apellido bonito, pomposo y reconocido; ¡Ah! Pero a alguien como yo lo ignoran sin siquiera tomarse el tiempo de escucharme. Además de que si lo hacen, sus limitadas capacidades no les permitirán comprender. Para ustedes las personas solo son envases y el contenido no importa. Así que, si creen que me callaré, ahora voy con los "Señores Jueces" – esto comenzó a ponerse interesante y era un embrollo del cual me faltaban manos para anotar todo – ¿Recuerda, Juez Olalde, cuando como abogado, corrompía policías para que le abrieran las rejas a sus defendidos? ¿Y usted, Juez Valverde, recuerda cuando de abogado se apropió de la casa familiar de su defendida? ¡Y no solo eso! ¡Sino también del seguro de vida de la viuda del señor Ramírez!

¿Estas personas quieren juzgarme? ¿Realmente creen en esta gente falsa que arroja las piedras y, sus placares, están llenos de muertos pudriéndose por salir a la luz pueden juzgarme? Es difícil explicarle a un simio que es un simio, le darás todos los detalles y no lo entenderá. La gente que en este momento está enjuiciando mis palabras, son los seres inservibles del planeta que no pueden ver más allá de su ego, ese mismo lugar que me vio crecer y que por ayuda de esa heroína es que salí. Ahora diré claramente, y sin vueltas, lo que todos vinieron a oír: ¡No maté a Antonia Arredondo!

La conocí la noche anterior, intenté ayudarla porque estaba en un estado fuera de sí, en un oscuro descampado con su ropa rota y ensangrentada. Di con ella por los gemidos detrás de un arbusto, llamé a mi esposa, le comenté y me ayudó a llevarla al domicilio que figuraba en su documento. Allí la bañamos, la vestimos y me quedé a pasar la noche por si alguien llegaba. Admito que fue una estupidez y debí llamar a la policía, pero cuando despertó dijo que estuvo bien mi actuar ya que su vida corría peligro, uno grave, ofrecí quedarme o llamar a las autoridades y no, solo me dio los expedientes de cada uno de ustedes. Dijo que ella desde la noche anterior estaba muerta, que dos policías la drogaron y cometieron la vejación y que su marido, un gran amigo del fiscal – dirigió su mirada al fiscal que estaba atónito y perdido por lo que estaba oyendo – iba a darle el golpe de gracia. Por lo que me corrió de manera apresurada alrededor de las 11:45 de la mañana. Desde ahí, solo supe de su deceso cuando los oficiales fueron a detenerme.

Ante la absoluta atención y silencio con que la sala lo miraba, quedó callado, tomó asiento y empezó a llorar con sus manos en el rostro. Tenía razón, conocí a Antonia y tuve una aventura con ella, sabía algunos detalles de su vida aunque siempre traté de prestar poca atención ya que su mundo era peligroso. Esa fue la razón por la que me alejé, no sería bien visto que el periodista salga con la esposa del mejor amigo del fiscal. Ahora entiendo que su vida corrió peligro por mi culpa, nuestra culpa, nuestras aventuras eróticas la llevaron a la muerte. Debieron sospechar que era mi informante y que los estaba delatando de sus crímenes, de cómo robaban drogas de los depósitos fiscales, cuando en realidad solo hacíamos el acto más sagrado.

Rodríguez quedó en libertad, su declaración y sus pruebas eran suficientes para liberarlo y abrir una nueva causa, una en la que sería testigo y me vería afectado. Seguramente su vida corre peligro, como la mía, pero "La Verdad" es el arma más letal ante un peligro inminente.

EL CAMINO DEL

ZODIACO

"Los cuerpos celestes son causa de todo cuanto sucede en este mundo sublunar,
pues influyen directamente en las acciones humanas;
si bien no todos los efectos que producen son inevitable"
Santo Tomás de Aquino

M i nombre es Miguel Ángel (sí, como el artista) y tenía cáncer. Ustedes se preguntarán porqué digo "tenía" si estoy escribiendo mi historia, es muy simple de explicar: estoy en mis últimos días. Por lo tanto, utilizo el pretérito ya que, cuando lo lean, mi cuerpo tal como relató esta historia, no existirá... o no será como en mis mejores años – una etapa digna de recordar–. Al parecer "La Bella Señora" está merodeando mi lecho para juzgarme y enviarme al lugar que merezco, pues se aproxima el momento en que el peso de mis acciones me llevará al ascenso o al descenso; o si volveré a esta existencia o solo retornaré a donde pertenezco.

Quizás en este punto se preguntan "¿Para qué escribe esto?" y es difícil de responder ya que hay una diversidad de razones que si no tienen la mente abierta, como un loto, le será complicado comprender. Por esto mismo pasaré a relatar unas "anécdotas" y con suerte al final (o durante dicho relato) responderé esta cuestión.

Todo comenzó esa tarde en que el médico (no recuerdo si su apellido era Cáceres o Martin) dijo con un tono lastimoso "Miguel, lamento informarle que usted tiene un tumor en el estómago y ya ha tomado gran parte de los órganos. Para mejor asesoría, lo derivaré con el Dr. Blavasky que es un buen oncólogo para este tipo de cáncer y se encargará de la atención que usted merezca". Así como lo dijo, miré a mi mujer durante las palabras del "doc." y tenía la expresión desencajada, a punto del llanto. Dicho rostro es el que más dolor me produce debido a que, el amor que le juré, me dio la posibilidad de esforzarme diariamente para tenerla como la reina que es.

Al salir del consultorio, en el trayecto del mismo a la secretaría para que nos dieran el turno con el Dr. Blavasky, ella explotó en un llanto descomunal. Hasta ese momento no tomé dimensión de que el afectado era yo, mi atención estaba puesta, exclusivamente, en calmarla. Le repetía que todo estaría bien, que no se preocupara, que sea como sea saldríamos de ésta y nada malo ocurriría. Tontas palabras en ese momento, quizás estaba en una especie de shock y no terminaba de comprender de que, todo eso, era el comienzo de mi lenta y dolorosa muerte. Por suerte el turno para el oncólogo era para el jueves de esa misma semana, los estudios ya los tenía por la orden del clínico que se encargó de recetarlos en tiempo y forma. Solo iría para que confirme lo grave que estaba y qué iba a ser de mi presencia carnal de ahí en más.

Lo consecutivo era decirles a mis hijos que estaba muriendo, de que unas células dentro de mí se hacían las rebeldes y querían matarme. Esto no es algo fácil para ningún padre. No obstante, no podía darme el lujo de mentirles como cuando eran chicos, donde les decía que Papá Noel existía; no, solo debía encarar la situación de la manera más madura posible. Reuní a los tres y les dije:

- Hijos, como saben, hoy fui al doctor por los dolores de estómago que tenía, y después de los estudios que me hicieron... bueno, solo era algo que me tapaba el desagüe – Lo sé, hice un mal chiste que ellos no entendieron y me di cuenta por la expresión de todos – Para ser mas especifico, tengo un tumor que hasta ahora no sé si sea de los buenitos o de los malitos.

Fin del comunicado, comienzo del llanto desconsolado de las dos más chicas y Javier, como era de esperarse, solo se levantó de la silla y se retiró a su recamara. Esto lo hacía cada vez que deseaba llorar, un joven con bastante orgullo de masculinidad que se oculta para desahogarse, quizás lo aprendió de mí, esa estupidez de jamás demostrar debilidad. Calmé a Camila y Emilse porque era la misma situación que pasé con su madre horas antes, después que logré apaciguar sus lamentos les expliqué que todavía no estaba todo dicho ni nada decretado, al parecer funcionó porque recuperé el haz de luz de sus labios. Horas más tardes salió el mayor de mis hijos y me abrazó con firmeza diciendo:

- Viejo, todo va a estar bien ¿Si? ¿Ya te han hablado de algún tratamiento o de alguna operación? Si quieres me fijo en internet si sale algo o alguna medicina alternativa o de prueba para ver si sacamos ese tumor.
- Tranquilo Javi, el jueves tengo turno con el oncólogo y ahí sabremos cómo serán nuestros días.

Esa noche no fue para nada tranquila, se podía respirar el duelo en los pasillos de la casa. En ese momento pude entender lo que estaba pasando con mi cuerpo, dentro de mis entrañas. Recién entonces pude llegar a comprender la magnitud de la prueba a la que estaba expuesta mi existencia. "¿Por qué me pasa esto, Dios mío?" "¿Qué mal tan grande hice para tener que pasar por esto?" y comencé a llorar desconsoladamente, en el baño, para que mi familia no se despertara y se preocupara.

Al amanecer no quise ir a trabajar, llamé y les dije que físicamente no me sentía bien, que necesitaba unos días y que les haría llegar un certificado con mi hijo. Cortaron no contentos y le pedí a Javier que lo llevara camino a su trabajo. Durante la mañana no tenía nada planeado, traté de ayudar a mi mujer con las tareas hogareñas. Ya eran las 11 y Camila dormía por quedarse con el teléfono hasta la madrugada; Emilse estaba en la facultad desde temprano. Arreglé un enchufe que tanta falta me hacía en la habitación, ordené la biblioteca que tenía desordenada, regué las plantas y cuando menos lo esperé, ya era hora de ir a dormir. Es increíble el cómo una mano ocupada, genera una mente ocupada y por ende, el paso del tiempo se vuelve tan fugaz.

El día miércoles no fue como lo esperaba, la energía del martes se había esfumado y los cólicos aparecieron con gran fuerza, me serví los medicamentos recetados, pero no eran suficientes. Mientras agonizaba de dolor, imaginaba que tenía un gusano enorme, del tamaño de un ratón, que estaba prendido en mi estómago y se lo iba comiendo; y cada vez que mordía, era un cólico durante el día. Ya no tenía hambre y, en muchas ocasiones, probaba apenas unos bocados, que no eran suficientes y me debilitaba de momento a momento. Pensaba "Quizás lo mejor sea morir, y listo, no más sufrimiento, no más preocupación, no sería una carga para mi familia, no sería un estorbo ni un gasto para la sociedad. Además hoy no es nada, pero en unas semanas esto será peor, intolerable y no estoy seguro de poderlo aguantar".

Llegó el día de la visita al Dr. Blavasky, éramos varios los que esperábamos por su atención y, por lo que podía apreciar, había personas con el cáncer ya avanzado. Su falta de cabello producto de las quimioterapias permitían llegar a tal conclusión. Al ingresar me llevé una sorpresa, era una doctora. Todo el tiempo entendí que era "Doctor" y resulta que estuve engañado por mi audición o mi poca atención.

- Buenas tardes Sr. Bayer, el Dr. Cáceres me envió un mensaje respecto a usted ¿Trajo los estudios?
- Buenas tardes. Si, acá los tengo – Primero, era Cáceres el apellido del clínico; segundo, mi mujer le alcanzó los estudios que la doctora analizó cuidadosamente. Tomó el CD con la ecografía y la radiografía, miró las imágenes con detenimiento una y otra vez, el silencio me perturbaba pero no quería desconcentrar a la mujer con preguntas estúpidas. Al cabo de unos minutos de análisis, reflexión y tensión resolvió el asunto.
- Muy bien Sr. Bayer, viendo sus estudios no puedo decirle nada alentador. El tumor es bastante grande como para una operación y la quimioterapia no dará resultados. Quizás si esto lo hubiéramos visto uno o dos años atrás, el diagnóstico y un tratamiento hubieran sido posible...

Mi mujer se desmayó en la silla y solo atiné a sostenerla del brazo, la doctora brincó de la suya y tomó un frasco de alcohol, le hice seña de que esperara.

- Continúe con lo que decía mientras ella está así.
- Solo quiero que sepa que no lo puedo ayudar. Lo que viene es algo grave, malestares difíciles que, con algunos calmantes, le harán tener mejores momentos, pero aun así, no se puede detener lo que ya está avanzado; tampoco lo

puedo internar, solo por unos días para colocarle un suero o simplemente cuando no le quede mucho y esté al borde de la muerte.
- ¿Y cuánto tiempo me queda?
- No sabría decir, no sé cuándo se originó, pero pueden ser dos meses como máximo, no más de eso.
- Hágame la receta y alcánceme el alcohol para despertarla.

La doctora comenzó a escribir la receta y mi mujer despertó, en ese mismo instante comenzó a llorar. Es tan triste recordarla de esa manera, sus ojos hundidos en los pesares más oscuros, las arrugas de su cara transpirando dolor, sus labios empapados por las lágrimas y su nariz roja (tierna imagen, que me quebró). Mi silencio, creo que era porque por mi cabeza pasaban muchas preguntas como "¿Cómo harán para seguir? Pobre Javier, deberá abandonar sus estudios para hacer el día completo en el laburo para mantener la casa" Me preocupaba más por el futuro de ellos sin mí, que por mí y el hecho de que dentro de unas semanas dejaría de existir. La doctora me alcanzó la receta, nos saludamos cordialmente y ayudé a mi esposa a levantarse para irnos lentamente hacia la puerta.

Era hora de comenzar a morir.

En mi casa, cuando llegamos, estaban mis hijos, mis hermanos y hermanas con sus respectivas parejas e hijos, todos en comunión habían asistido para saber las nuevas que acontecían. Me acomodé en el sillón, los niños jugaban alrededor mío, les dije que la muerte era inminente y ya todo había comenzado. El llanto de todos no tardó en llegar, algunos me abrazaron y otros, simplemente se quedaron parados esperando a que les dijera que era una de las bromas pesadas que acostumbro hacer. Durante unas horas todos se quedaron en casa, observándome, charlando, buscando soluciones en algún portal de internet, contando historias de conocidos de algún otro conocido que en estado terminal se había salvado, todo ese tipo de cosas esperanzadoras que no colaboraban en mi ánimo... solo quería retirarme a mi habitación para cargar con mi propio duelo.

Luego que todos se fueran, mi familia me abrazó y se fueron a dormir dejando el comedor sumido en el silencio más intenso, con el moribundo dentro de ella. Me acosté y le dije a mi mujer antes de dormir:

- Gloria, no quiero que mi vida termine así. Ahora siento que no hice nada mientras la tuve.
- Claro que hiciste algo Miguel. Tuvimos hijos y te preocupaste de que nunca nos falte nada.
- Sí, pero no me refiero a eso. Estoy hablando de que hay cosas que deseé hacer y nunca pude o tuve tiempo.
- ¿Cosas como qué?
- No sé, viajar, cosas así.
- Solo dedícate a que tus últimos días te llenen de vida y de paz, mi amor – "Mi amor" hacía tanto que no me hablaba así, que se refería a mí de esa manera.

La mañana siguiente me sentí renovado, el dolor estaba levemente pero quería hacer algo grande durante el día. Me vestí, desayuné y salí a caminar. Hasta donde pudiera, hasta donde las piernas me permitieran llegar. Saludé a los vecinos con alegría, a los niños los miraba como seres angelicales y les sonreía a las viejas chismosas del barrio. Continué caminando hasta una plaza, me senté para apreciar lo vivo que estaba el planeta, el viento rodeándome mientras sopla mis cabellos, mis mejillas; el césped que con su rebeldía trata de luchar contra los fríos para mantenerse vivo, miraba la gente pasar, caminando, en bicicleta, llevando consigo una luz, una energía especial. Observaba cómo una canilla rota dejaba salir el agua, veloz y a la vez con calma, algo tan cristalino tenía una feroz batalla para librarse del caño que la mantenía aprisionada. Los árboles, unos eucaliptos de gran tamaño que eclipsaban al sol... todo tenía vida y ganas de vivir, todo estaba atrapado, pero a su vez en libertad. El viento no podía salir del planeta y se encarga de recorrerlo según su ánimo: con alegría cuando el calor es agobiante y llega esa brisa fresca, con furia cuando remolinea formando un huracán, amoroso cuando te besa las mejillas una tarde de melancolía, como el beso de una madre cuando llevas tiempo sin verla, o de la mujer que amas cuando comienza el romance. Por otra parte el agua está maniatada en los ríos o en los lagos y, aun así, se abre paso para llegar al mar (otra prisión) de la cual se libera evaporándose, transmutando. Si ellos pueden hacerlo ¿por qué yo no? En ese instante apareció un joven, caminando por el sendero de cemento mirándome, se acercó lentamente y me habló con una dulzura muy particular.

- ¿Cómo anda?
- Muy bien joven, gracias. – Pensé que era uno de esos cristianos que siempre aprovechan a la gente en los bancos de las plazas para darles la palabra de Dios.
- ¿Cuánto tiempo le dijeron que le queda? – Me sorprendí ante esa pregunta, miré mis manos como si tuvieran un cartel diciendo "mírenme, tengo cáncer"
- ¿Disculpe?
- Si Miguel, usted tiene un cáncer terminal. Se puede ver con el ojo que ve lo que los ojos no pueden ver.
- ¿De dónde saca eso? ¿Quién es usted para hablarme así? ¿Quién se cree para hacerme esas preguntas? – el enojo se apoderó de mí, la cólera por verme débil y que alguien lo notara. Realmente no sé qué me hizo tener esa postura cruel y vil.
- Tranquilo Miguel, tranquilo. No fui enviado a molestarlo ni a irritarlo, solo estoy acá para cumplir un mandato, una misión.
- ¿Y quién te mandó? ¿Mi mujer? ¿Mi hijo Javier? ¿Camila? ¿Quién?
- Su madre me envió, estimado Miguel Ángel. Se preocupa por usted más que usted mismo. Dice que trató de advertirle, de decirle que esto mismo ocurriría y usted la ignoró.
- ¿Mi madre? Ella falleció hace nueve años más o menos.
- ¿Y acaso es imposible que ella quiera ayudarlo aún después de su partida?

- Y si, cuando uno muere, muere. No hay nada más después.
- Ay Miguel, usted mismo lo estuvo meditando hace un instante *"el agua está maniatada en los ríos o en los lagos y aun así se abre paso para llegar al mar (otra prisión) de la cual se libera evaporándose, transmutando."* Nada es imposible ante la Madre ni ante el Padre, es hora de que se entere.
- Entonces ¿Qué quieres?
- Quiero lo que la madre quiso para ti, que estés "VIVO".
- Y eso ¿Cómo sería?
- Un camino difícil, pero enriquecedor. Debes comprometerte en este mes que te queda y seguir lo que te ordene al pie de la letra, sin desviarte, sin preguntar, solo hacerlo porque tu Madre lo ordena. Así también, te advierto, que vas a perder mucho más de lo que tienes y vas a ganar mucho más de lo que nunca tuviste.
- No puedo comprometerme con algo que no sé qué es. Nadie en este planeta se compromete con lo que desconoce, sería estúpido e imposible.
- Ay Miguel, te mostraré como el mundo te hizo "estúpido" y creer que hay cosas "imposibles".

El joven puso su dedo índice en mi frente y, cuando estuve a punto de protestar, ya no estábamos en la plaza. Era otro mundo, algo diferente y nebuloso. Tenía matices negros y rojizos, árboles incendiados y quebrados, un templo derruido, maltrecho, personas muertas, algunos personajes "fabulosos" como hombres lobos, vampiros y cosas así aparecían, se detenían, nos miraban y seguían su curso.

- ¿Dónde estamos? – Le pregunté. No aguantaba más, era muy "fantástico" para creerlo.
- Este mundo, es tu mundo interno. Esas personas muertas son tus virtudes, tus dones. Esos seres que van y vienen son tus demonios, los que se encargaron de atraparlas y matarlas. Esos árboles incendiados representan tu pureza, tu inocencia... otras virtudes. Y lo peor de todo, es ese templo, ese panteón que ves allí, es ahí donde habitaba tu

madre y tu padre, aún estás a tiempo de reconstruirlo y de resucitar esas personas.
- Pero ¿Por qué un hombre lobo? Esas son cosas de cuentos.
- Si lo deseas te lo enseño de otra forma, tiene distintos rostros y nombres. Usé esa para que se te haga más simple asociarlo a lo que se refiere realmente.
- Está bien así, creo que ahora lo entiendo mejor – Me agaché, tomé un poco de tierra y la dejé escurrir por la palma hasta que no quedó nada, me sacudí las manos y continué – ¿Qué debo hacer?
- Por empezar, te mostraré algo que no te gustará ver.

Dicho esto, así como llegamos a este punto, nos fuimos a otro. Este otro sitio era rojizo y había conductos rojos de un lugar a otro, algunos eran de un color amarillento y otros, eran de un marrón claro o beige.
- Esto que tienes en frente, es tu tumor. Si puedes prestar atención, fíjate como ha tomado tus órganos más cercanos, como se está alimentando de ti mismo.
- Y si estamos acá ¿Por qué no me ayudas a extirparlo?
- No se puede, moverlo, tratar de sacarlo o, incluso, de dañarlo, solo haría que el tiempo sea menor. Ya te mostré lo imposible y lo que todos llaman "estúpido" ahora volvamos a donde pertenecemos.

Volvimos al banco de la plaza, todo seguía igual, como si no hubieran pasado ni 5 segundos.
- ¿Y ahora qué quieres que haga?
- Repite conmigo para comprometerte y luego te daré detalles.
- Está bien, solo indícame qué hacer y decir.
- "Yo, Miguel, me comprometo con mi Madre y mi Padre a ser el Hijo que vine a ser. A matarme a mí mismo, día a día, momento a momento. Y renacer brillando como el sol, suave como el viento, puro como el agua y firme ante los mandamientos como la tierra. Yo, Miguel, no me rendiré aunque la montaña sea alta, aunque las legiones sean numerosas o aunque pierda mi vida, porque quiero y debo,

reunirme con ustedes – Padre y Madre – en paz." – Repetí lo que el joven me dictaba, algo en mí renacía, tenía otra energía que no había sentido antes, otra manera de sentir.

- Ahora bien Miguel, no estaré contigo a cada instante, solo cuando tú me llames. Por eso mismo, te revelaré mi nombre entre los ángeles y solo deberás mencionarlo si estás solo, nadie más puede escucharlo ni saberlo ¿Entendiste?
- Entiendo.
- Mi nombre es... ahora bien, tú naciste regido por la casa de Escorpio, tu personalidad está marcada por ese signo y los atributos que recibiste al nacer están provistos para tu desarrollo en dicha constelación. Luego de Escorpio, viene Sagitario, luego Capricornio, etcétera. Lo que deberás hacer, es difícil, vas a estar 3 días vibrando en cada signo, esto te da un total de 33 días en los que no te apartarás de esto.
- ¿Y cómo lo haré? ¿Cómo sabré qué signo me toca y como debo comportarme?
- Ahora te enseñaré a entrar y a salir, luego te dejaré una imagen orientativa para que sepas qué signo sigue y solo la verás en el momento en que vayas a entrar.

Por empezar, hoy terminarás este día normal y te irás a dormir a las 9 de la noche, una vez acostado, te pondrás boca arriba con las rodillas levantadas haciendo un triángulo perfecto, pondrás tus manos a los costados y te relajarás a tal punto de casi dormirte. Cuando llegues a ese "relax" dirás la siguiente oración "Madre, en los próximos tres días que siguen, por favor te imploro, llévame a vivir, vibrar y comprender la casa del signo Sagitario" y luego te duermes, por la mañana despertarás con dicha personalidad, con su parte tamásica, sávica y rajásica, esto es negativa, exagerada y equilibrada. Deberás poder aprender a controlar esa energía y trascenderla. Algunos serán difíciles y no te preocupes por eso, lo importante es la experiencia.

Por otra parte, son tres días para que: en el primero salga todo lo negativo a la luz, el siguiente será lo exagerado y el tercero deberás encontrar el equilibrio. Como te dije, si no lo consigues, no importa, por lo menos tienes el conocimiento almacenado en tu espíritu.

- ¿Y esto en qué me beneficiará con mi enfermedad?
- Podría darte una interminable lista, pero es mejor que, al final, en el día 34, tú saques tus conclusiones.
- Ahora bien, ya te dije todo lo que necesitas saber. Si requieres mi ayuda solo debes nombrarme y apareceré donde te encuentres. Es hora de que me vaya.

Dicho esto, el joven desapareció en un abrir y cerrar de ojos. Continué sentado en el mismo lugar unos minutos más. El momento anterior fue raro y mi mente debía tomarse el tiempo de asimilarlo. Todo tenía sentido y la vez no lo tenía, él mismo lo dijo "te mostraré lo imposible" y lo hizo, no sé cómo, pero lo hizo.

Camino a casa reflexioné sobre mi signo, me pregunté "¿Cómo soy en realidad?" y la tecnología tiene esa utilidad para sacarse este tipo de dudas, por lo que entré a un buscador y escribí "Personalidad de Escorpio" y encontré lo siguiente:

"Es un signo regido por Plutón, planeta de la intensidad y las pasiones" Con este inicio ya me identifiqué, era demasiado pasional por todo e incluso a veces pecaba de intenso.

"Los hombres y mujeres de este signo tienen una personalidad absorbente y quieren abarcarlo todo. Son tenaces y muy exigentes a sí mismos y por ende con los demás. Sin embargo nunca exigirá a los demás, más de lo que se exige a sí mismo.

Siempre está interesado en los misterios de la vida, del amor, de la pasión, de lo sexual, de lo místico, de lo mágico y de lo esotérico.

Los nativos de este signo son muy intensos, poco demostrativos a través de las palabras pero sí de los hechos. Suelen ser posesivos y celosos."

Había mucho más e incluso en otras páginas web decía más o menos lo mismo. Reflexioné respecto a las descripciones y comencé a tener memoria de ciertos comportamientos en lo laboral y en lo amoroso. Situaciones donde salía a relucir muy molestamente (ahora que lo veo) mi comportamiento posesivo y exigente.

Al llegar a mi casa traté de dominar mi personalidad hasta la noche, quise ser todo lo contrario a lo que describía la página de internet. Fue muy difícil, mi hija hablaba de su novio, mi mujer que la miraba como si también estuviera enamorada del mocoso, mi hijo diciéndome que en el trabajo había quedado a cargo de mi puesto el inútil de Matías. Así muchas cosas que en vez de hacerme las cosas más fáciles, lo volvían más complicado. Entré al baño porque decidí llamar al joven para preguntarle esto, y apareció al instante.

- ¿Qué necesitas Miguel?
- Tengo una duda
- Dime de que se trata
- Estuve viendo mi signo y resulta que estoy tratando de evitar lo negativo de mi personalidad. El tema en cuestión es que mientras más me concentro en evitar sentirlo, más situaciones ocurren como para que salga a la luz.
- Te entiendo Miguel. Esto que te sucede no es nada más ni nada menos que una ayuda de la Madre. Te está remarcando de todas las maneras posibles eso malo que habita en ti y que debes eliminar.
- ¿Y cómo hago para eliminarlo?
- Muy buena tu pregunta, deja ver el compromiso. Presta atención, cuando veas que una situación saca eso que quieres eliminar, trata de comprenderlo, de dónde viene, hacia dónde te lleva, porqué aparece y otros interrogantes para conocerlo bien. Una vez que ya lo veas de todos los puntos de vista, le pides a la Madre que "por favor" lo saque de ti.
- Está bien, entiendo.

Le agradecí su asistencia inmediata y se despidió mientras se desvanecía. Creo que eso es una buena práctica para aplicar en los demás signos.

Me acosté antes que mi esposa, con la excusa de que no me sentía bien, para poder realizar el ejercicio que me recomendó el "Ángel". Me dormí profundamente luego de esto y me vi en el mismo lugar al que me llevó en el día, pero esta vez, el templo tenía una columna blanca con un brillo intenso.

En la mañana siguiente me sentí distinto, como alegre en su totalidad y veía que en mi casa existía una abundancia de todo, material y emocionalmente. Me puse muy contento por lo que tenía y por lo que podía conseguir. Durante ese día y los siguientes, no me preocupaba por cómo estaría mi familia luego de mi muerte, estaba confiado de que estarían de la mejor manera. Por ende la tarde del tercer día les escribí una nota que guardé en una cajita que compré.

"Sé que al momento de mi partida, ustedes saldrán adelante en lo económico y en lo emocional. No tengan miedo, todo saldrá bien."

Volví a realizar el ritual y regresé a ese mundo oscuro donde estaba mi templo, esta vez tenía dos columnas blancas con un intenso brillo.

Desperté a la mañana siguiente y me sentí responsable de la enfermedad, entendí que el origen de lo que me ocurría no fue culpa de nadie más que de mí mismo. Traté, en esos días, de dejar todo listo para el momento en que me toque partir, fui a la obra social, al seguro de vida que tenía y hasta la cochería en que sería velado. Mi mujer no estuvo de acuerdo con esto en ningún momento, pero la obligaba a que me acompañara para que viera donde iba y cómo debía hacer todo una vez que ya no esté.

La tarde del tercer día, escribí otra nota que guardé en la caja, esta vez con los pasos que debían seguir desde el hospital, hasta la funeraria y el cementerio. Quizás no lo tomen muy alegre cuando lo lean pero debía hacerlo.

Una vez más realicé el rito, el templo ya tenía uno de los cinco escalones con un gran brillo, más las dos columnas.

En los nuevos tres días sentí la necesidad de la familia y los amigos. Por lo que en uno, almorcé junto a mis hermanos y sobrinos, en otro junto a mis amigos y compañeros de trabajo y el tercero lo dediqué completamente a mis hijos. Esta vez escribí en la nota consejos a cada integrante de mi familia, cosas para que estén bien y puedan ser mejores día a día. Esa noche el templo tenía otro escalón brillando.

Los siguientes tres días se los dediqué a saciar mi sed de buena música, cosa que hacía mucho no hacía. Mis vecinos deben haberme odiado por el ruido constante, pero lo disfrutaba, como nunca antes. Mientras hacía esto, leía libros de Julio Verne que me alentaban a una fantasía muy intrigante. Estuve muy centrado en mí y en ese entonces sí sentí como la Madre me murmuraba cosas alentadoras respecto a mi vida y esos momentos que me atormentaban. Tal fue así que los dolores no se hicieron notar en ese lapso. Por más que me agradaba ese ensueño, no dejé de escribir una nueva nota para la cajita y decía algo simple "No dejen de imaginar porque es un mensaje codificado del universo".

Esa noche, un tercer escalón se iluminó.

Los tres días en Aries sí que fueron complicados con las personas cercanas, a mis hijos los percibí un poco rebeldes y traté de corregirlos (casi a gritos) por lo que me trajo varios disgustos. Lo bueno es que, dentro de todo, fui claro con ellos y captaron el mensaje a pesar de esa impulsividad o agresividad con que les hablaba. Esa tarde solo puse en la nota "No se peleen nunca entre ustedes y cuando se deban decir algo, sean claros, no agresivos".

Esta vez una tercera columna se iluminó.

Los tres días siguientes, aproveché el jugoso sueldo que cobré y decidí darme ciertos lujos, como ir a un restaurant a comer con mi esposa, darme el gusto de alquilar una lancha por unas horas para pasear en uno de lagos cercanos a la ciudad y, lo más importante, compré un buen traje para irme lo más elegante posible de este mundo. Pequeños y lujosos gustos que solo en vida uno se puede dar. Y esto escribí en la nota "El dinero sirve, una parte para disfrutar y otra para pagar, acumularlo es perderlo".

Esa noche, el cuarto escalón deslumbraba con su brillo.

Los días de Géminis fueron bastantes informativos. Tuve la oportunidad de escuchar a mis hijas sin juzgar sus novedades, pude entenderlas y charlar holgadamente durante horas con ellas. Me enteré cosas que ignoraba y otras que a un padre no le agradarían saber. También hablé mucho con mi hijo y mi esposa, era como que les debía una charla a todos. No quedaron temas sin tocar, información de todo tipo, secretos muy íntimos de cada uno de ellos. La nota que les dejé fue una de las que más gusté escribir "Amo a los hijos que conocí".

Esta vez, ambos techos se iluminaron y estaba quedando espléndido mi templo.

Ahora que veo desde la lejanía del tiempo, debo decir que estos tres días fueron distintos, lloré mucho, dejé salir todo lo que me dolió durante toda mi vida. Traumas de la infancia, frustraciones, traiciones y así, cada acontecimiento que no fue liberado con las lágrimas en su momento, corrió tristemente por mis mejillas. La pérdida de papá y mamá, mis dolores, mi enfermedad, todo brotó por mis ojos agotados. Cada lágrima era una cadena rota. Y no me oculté como solía hacer, dejé que mi familia lo viera y entendiera que no estaba mal, en especial por Javier. Entonces en la nota solo coloqué: "desahóguense con quienes aman".

El último de los cinco escalones brilló, con intensidad junto a los otros cuatro.

Ya sentía dentro de mí que no era el mismo de hacía unas semanas atrás y eso mi familia también lo notó. En los días de Leo tuve que luchar mucho con la obstinación y la soberbia. Me sentía bastante bien siendo el centro de atención en la casa, pero a la vez pecaba de "llamar" demasiado esa atención. Fueron días complicados, estuve a punto de invocar al joven para pedir asistencia, pero decidí arreglármelas por mi cuenta. Esta vez la nota fue más enigmática: "Yo lo fui todo".

Esa noche mis expectativas de que el templo esté iluminado eran demasiado bajas, pero para mi sorpresa, la última columna estaba con su máximo brillo.

Los días en Virgo fueron diferentes en cuanto al orden y organización de mi entorno. Traté de que las cosas estuvieran en su lugar, batallando con mi mujer porque le desordenaba las cosas. Pero, a veces, para crear hay que destruir. Relativamente fue agradable que cada silla, cada mesa, cada libro, cada rincón de mi hogar estuviera "perfecto". Me tomó los tres días generar esa armonía hogareña, pero valió la pena. Por lo tanto en la nota les dejé un mensaje importante: "Somos lo que nos rodea".

Esa noche, luego del ritual y de escapar a mi templo, pude notar que, todo el piso exterior del templo, tenía el mismo brillo de las columnas y de los escalones. Miré y solo quedaba la puerta, superficialmente nada más, no sé qué había en su interior ya que siempre lo observé desde afuera, pero llegaría el momento en que lo averiguaría.

Lo que aconteció en los tres últimos días, que daban un total de un 33 teniendo otra perspectiva de la vida, fue simple: me dediqué exclusivamente a la mujer que más amo. Volví a cenar con ella, pero esta vez en un lugar más íntimo y aventurero, pasamos la noche a la luz de la luna y me preocupé que, en esos tres días en una cabaña alejados de todo, se reavivara el romanticismo que nunca expresé correctamente, dejé que el amor sea de lo más cursi y hasta le escribí un hermoso poema que guardé en la cajita que dice:

"¿Mirar tu rostro y no sentirme así?
¿Tomar tu mano y no vibrar de esta manera?
¿Cómo crees que sobrevivo en este limbo
si no es con mi rostro sobre tu ombligo?
La belleza más pura es la de tu mirada
cuando sonríes y dices frases gastadas.
No hay nada más hermoso que el servir
y más hermoso, mi amor, es hacerlo por ti.
Mi alma necesita el suspiro de tus ojos
y mi cuerpo el vibrar de tu voz.
Ahora volaré a terrenos desconocidos
y jamás olvidaré cuanto amé tus latidos."

Y finalmente, esa noche el templo brilló completamente. El pórtico de entrada se abrió suavemente, dejando salir una luz incandescente y me apresuré a entrar, tenía curiosidad de qué habría allí. En un gran sillón hecho de mármol, estaba sentada mi madre, que me miraba con los ojos llenos de lágrimas, una emoción invadió mi cuerpo y corrí apresurado para abrazarla, como cuando de niño jugaba en la vereda y la veía bajarse del colectivo llegando del trabajo, con ese olor a lavandina y detergente en esas manos magras de haber refregado trastes ajenos. Entonces ella se arrodillaba y me abrazaba, me daba un beso en la frente y me preguntaba cómo me había portado ese día. Y de esa misma manera me abrazó, con esa textura áspera en sus manos que jamás olvidaré, besó mi frente con un calor y amor que hacía mucho no sentía y lloré en su hombro mientras ella lloraba en el mío.

- Despídete. Ya es hora de partir, mi niño – me susurró en el oído mientras la abrazaba.

Desperté en el hospital, uno de mis pulmones había colapsado y solo es cuestión de esperar a que el resto de mis órganos dejen de funcionar.

Escribí esto porque hasta aquí llega mi último mes de vida, lo que le da sentido a mi muerte. Postrado en esta cama desde hace treinta y tres días, sin moverme, sin caminar... solo esperando con paciencia a que mi madre, me venga a buscar.

EL INCONSCIENTE

"¡E igualmente a los pecadores, y a las conciencias malvadas! Creedme, amigos míos: los remordimientos de conciencia enseñan a morder."
Friedrich Nietzsche

El Señor Larralde golpeó la puerta e ingresó a mi despacho, nos dimos la mano cordialmente y tomó asiento. Era un hombre joven, no esperaba alguien así cuando me llamaron del diario para una entrevista por uno de los casos que llevé en el 2011.

- Le agradezco por aceptar esta entrevista, Señor Gómez – Comenzó diciendo el periodista, que aún se notaba nervioso, quizás sea una de las primeras veces que debe entrevistar a alguien. Mi olfato de investigador me dice todo lo que necesito saber de una persona con tan sola mirarla.
- Para mi es todo un placer. Es más, no esperaba que alguien se interesara por mi trabajo aunque reconozco que la historia sobre el caso de Elena es muy particular.
- Por eso mismo, apenas escuché parte de los hechos traté de saber todo respecto al mismo.
- ¿Desea usted algo de beber antes de que comencemos formalmente? – le consulté cordialmente por un interés propio de un trago de whisky por la fresca mañana que nos acompañaba.
- Solamente agua, por favor.

Luego de servir su vaso y entregárselo me senté en el sillón buscando la posición más apropiada para comenzar el relato. Bebí un trago y empecé a ojear el expediente del caso, había pasado mucho tiempo pero aun recordaba cada escena como si hubiera sido el día anterior.

- ¿Cómo fue que llegó el caso a sus manos? – Comenzó preguntando el muchacho.
- Recuerdo que esa tarde estaba de turno, casi nadie quiere trabajar un sábado y, a veces, peco de apasionado por lo que hago y me ofrezco para los fines de semana. Por entonces me llamaron de la comisaría que tenían un caso de secuestro y un testigo del momento en que ocurrió, por lo que fui de inmediato ya que mientras más rápido se actúe mejores resultados se consiguen. Una vez allí hablé con el

muchacho, era un tipo flaco, con anteojos que constantemente pedía agua.

- Los nervios de la situación.
- Claro, que se lleven una piba a 20 metros de donde estás sin poder hacer nada te deja con los nervios en la piel. Dijo que fue una furgoneta, la describió blanca con los paragolpes de metal, un modelo viejo y común en estos lugares. Dijo que la chica caminaba tranquila, que tenía como 25 años y vestía de pantalón a cuadros rojo con negro ajustado y una campera negra con un gorro de piel. Este muchacho salió a la puerta del local para verla porque era una jovencita linda (y vaya si lo era) entonces en ese instante, en un horario poco transitable, fue cuando la abordó la camioneta, forcejearon en milésimas de segundos y se la llevaron.
- Puedo imaginar el horror de ese hombre y de la chica.
- Dice que quedó inmóvil, que ingresó al local rápidamente y ¡su compañero no le creía! Ambos salieron nuevamente y dieron fe de que la chica no iba por la vereda y fue entonces cuando llamaron a la policía.
- ¿Recuerda el nombre del muchacho?
- En el expediente debe figurar – Tomé la carpeta y comencé a ojearla, busqué entre las primeras páginas hasta que hallé la declaración textual del muchacho. – es (o era) Pablo Segundo. Esto también llamó mi atención, el apellido del joven.
- Es bastante raro pero seguro deben existir muchas familias "Segundo" en el país. ¿Luego como siguió la investigación?
- Sí, seguro – respondí algo dubitativo por ese peculiar apellido que en muchos años no había vuelto a ver – Luego comenzó la parte policial, buscar datos de donde pudieran surgir. Unas horas después llegó una primera pista, una denuncia en otra comisaria respecto una jovencita de nombre Elena Ontiveros que salió esa mañana y no regresaba. Además, ninguna persona cercana como parientes o amistades que frecuentaba la habían visto ese día.

Fui a visitar a la familia y le pedí una foto y una descripción de cómo vestía esa mañana. Fue positivo para la investigación ya que la descripción coincidía pero fue lamentable ver a sus padres derrumbados por las malas nuevas que les di.

- Otra faceta destructiva para usted, me imagino.
- Decirle a un padre que su hija, lo que se traduce como la "luz de sus ojos", fue secuestrada es una de las partes más difíciles de este trabajo, casi comparable con decirle a alguien que se halló a su pariente fallecido. Intenté calmarlos y explicarles que todo saldría bien, que haríamos todo lo posible por encontrar a la jovencita.
- Y lo hicieron.
- No cortes camino por la cancha, espera al final – Le dije sonriendo al joven periodista que se lo tomó muy bien – Después nos retiramos a la estación, busqué al oficial más corrupto de la comisaría y le consulté de los lugares de trata por esa zona, al principio se negó (obvio) pero después de intimidarlo un poco me largó unos nombres, entre ellos estaba "El Sultán".
- ¿Muy conocido en el ámbito?
- Era un burdel de lo más bajo, sexo entre cortinas, mujeres drogadas en el piso y hombres lujuriosos sobre ellas violándolas de la manera más demoniaca posible. La poca higiene, las paredes despintadas, la fachada de la puerta dejaban ver que lo peor de lo peor estaba ocurriendo allí. Fui con un grupo de policías, detuvimos a los "cabecillas" y rescatamos a las chicas sometidas... pero ninguna era Elena.
- ¿Todo durante el mismo día sábado?
- Alrededor de las 3 de la madrugada recibí el "Visto bueno" del juez y eso de las 4 (ya del día domingo obvio) allanamos el lugar. Es más, hasta la orden del juez fue rápida y eso que suelen tardar más; pero como teníamos que actuar sobre el pucho apuré a todo el mundo. Y bueno, los resultados no fueron los que esperábamos, pero desarmamos una bandita de lo peor. Eso ya es otro tema, así que para retomar a lo

que nos hemos citado diré que interrogué a uno de los arrestados, me dio el dato de varios posibles lugares donde se movían, con la promesa de reducir su condena. Mientras hacía esto tenía un colega investigando el ámbito familiar y social de la jovencita, luego llegaron noticias pero por el momento no nos anticipemos y continuo con mi parte de la investigación.

Luego de unos momentos, aprovechando la madrugada, fui a uno de los lugares señalados por el arrestado. Era un lugar que actúa como sindicato de trabajadores durante el día y en las afueras, pero en su sótano se escondía algo monstruoso para las señoras que esa mañana se despertarían para ir a misa, era una especie de lugar de apuestas clandestinas, como fui sin la policía tuve acceso, vi varios funcionarios (que se alertaron de mi presencia) y algunos quisieron hacerse "amigos"; lo cual aproveché para averiguar si habían visto a la jovencita por algunos de los cuartos. Ante la negativa, me retiré así como llegué.

- O sea que de un caso estaba descubriendo un mundo muy "turbio" por otros rincones.

- Ya le dije que fue muy raro todo y eso que todavía falta más. Por la mañana me dirigí a otro domicilio posible con la respectiva orden de allanamiento del juez. Reuní un escuadrón de la policía y fuimos a la casa de un tipo llamado Roberto "El Fisgón" Marcial. Todavía recuerdo el nombre de ese malnacido. Llegamos, no pedimos permiso y entramos a la casa del mencionado hombre, he aquí que no estaba, registramos todo y encontramos prendas de mujeres, seguimos buscando hasta hallar un sótano, abrimos y ahí estaba el hombrecito con una mujer atada en una silla, golpeada, moribunda, bañada en sangre y orina porque ese desgraciado le hacía mil tipos de violencia inimaginables. Quiso escapar pero era imposible ya que estábamos todos listos para evitarlo. Resulta que el tipo les compraba las minitas al que ya teníamos detenido para llevar a cabo cosas macabras, lo que más hacía era golpearlas hasta matarlas y vaya a saber dónde dejaba sus cuerpos, eso pertenece a otro expediente que se abrió luego... por suerte a esa mujer la rescatamos con vida y pudo volver con su familia.

- ¿En un día descubrió todo eso?
- Creo que la gracia de Dios me acompañaba a encontrar a esa joven – y muchas más en el camino. Para ahorrar relato, fui a uno de los callejones de la ciudad donde se reúnen personas en situación de calle, recibimos un llamado de alguien que había encontrado la ropa de la muchacha y tenía manchas de sangre (por procedimiento difundimos la foto por los medios y cómo estaba vestida). Interrogué algunos linyeras, la mayoría no aportaba nada más que sus historias de marginales que, más que por necesidad, están allí por pereza.
- Eso fue algo "liberal"
- Vestilo como desees y dale el nombre que quieras cuando lo publiques en el periódico, pero no se tapa el sol con un dedo, hay gente que no tiene una pierna...
- No, no se preocupe – me interrumpió el ágil Sr. Larralde – Solo me limitaré al relato de la historia.
- Eso me parece bien. Como le decía, después del burdel, del callejón, del maniático viejo y del casino clandestino, me quedaba un lugar que nunca cerraba y entrar ahí era perder la noción del tiempo. Ese sitio era un bar en medio de la nada y del todo, donde iban a parar muchos bandoleritos y se embriagan hasta más no poder.
- ¿Y por qué a ese bar?
- A eso iba, donde operaba esta bandita y otras, además del burdel y el casino clandestino, era este club. Todo es exceso en ese lugar, en clandestinidad obviamente, y era el último dato que tenía como posibilidad. Decidí ir solo, a ver y hablar con quien estuviera a cargo sabiendo que no se llega tan fácil a la cabeza del dragón. Al entrar allí pude constatar que en un lugar así no estaría la jovencita. De todas las personas que estaban, las únicas sobrias eran quienes lo atendían. Curioso ¿No?

- Dentro de todos los lugares visitados, ese fue el más "normal" por decirlo de alguna manera.
- Y si, quizás las señoras de la iglesia no se asombren tanto con un sitio así – y dicho esto rompimos en carcajadas.

Luego regresé a mi oficina. Allí me esperaba un colega que había demorado a una amiga de Elena porque se contradecía en su declaración y el olfato de investigador le señalaba que algo ocultaba. Fuimos a la estación, ya estaba un poco cansado, la noche fue larga. Me llamó la atención de cómo la muchacha se refería a "su amiga". Con tono despectivo y mirando al costado como si deseara escupir al mencionar su nombre, decía cosas prácticamente incoherentes para lo que se le preguntaba, hablaba también de que era una piba "mimada", que tal vez se fue con un "novio ya que a ella le sobraban", tenía una forma casi envidiosa al referirse a la víctima (y se lo dije) y me dijo que "no es eso ¿Cómo cree que envidiaré a alguien así? Soy mucho más que 'esa'".

- Difícil la "niña" ¿Y dijo algo más?
- Claro que dijo algo mas, llevaba 5 horas demorada y se quería ir. Por eso usé ese estrés a mi favor. Puncé hasta que largó todo. Y cuando digo "Todo" me refiero a "Todo"
- ¿O sea que ella fue la del secuestro?
- Participe directo no, solo se encargó de ser "entregadora" de la víctima.
- Caso resuelto entonces.
- Sin la chica nada está resuelto. Se negaba a decir dónde estaba, luego de atemorizarla, nos dio las indicaciones en un barrio residencial muy importante de acá. Avisamos al juez para una nueva y ultima orden y de rápido proceder llegó. Reunimos al escuadrón, nos organizamos y en menos de 3 horas estábamos llegando a la casa del secuestrador.

Tenía un gran portal de ingreso y unos 15 metros hasta la puerta de la casa. Había que actuar con precaución, no debíamos perder de vista que Elena podría estar dentro y estos loquitos podrían matarla si nos aventurábamos demasiado.

- Siempre priorizando la vida de la víctima.
- Es que no podíamos arriesgarnos después de todo lo que la habíamos buscado. Entonces decidimos separarnos y rodear la casa, nos organizamos en un operativo (digno de película) muy sigilosamente. Un vecino nos informó que mientras él ha estado en su domicilio no salió nadie por el portal del sospechoso. De pronto se escuchó un disparo en el interior de la casa. La desesperación se apoderó de mí y sin pensarlo di la orden para actuar.
- ¿Y? ¿Qué pasó?
- ¿Qué pasó? Pasó que era una casa grande, tuvimos que bloquear todas las posibles salidas, asegurar el perímetro (usted sabe) y luego registrar cuarto por cuarto hasta que, en una de las habitaciones del primer piso, estaba el tipo tendido en una alfombra costosa llena de sangre, al pie de una ventana que daba al frente de la casa, con un tiro en la cabeza y un arma 9 mm en su mano derecha. Sin alterar la escena seguimos registrando hasta que en otra habitación estaba Elena maniatada de manos, con un vestido corto, de color rojo que dejaba ver sus delicadas piernas y, para sorpresa de todos, estaba perfectamente maquillada. Aunque ese día tuve demasiadas sorpresas, su respuesta cuando pregunté "como estaba" es la que me heló la sangre.
- Imagino que fue algo brusca o sollozando.
- No, todo lo contrario. Simplemente, con un tono soberbio, me respondió "Ningún mal puede hacerle daño a tanta belleza"
- ¿De verdad le respondió eso?
- Le juro Sr. Larralde, jamás me encontré con una víctima de un ilícito que respondiera de tal manera ante una situación tan dramática. En el momento lo tomé como que estaba bajo el shock de la situación, pero esa frase me ha perseguido en muchas noches de soledad y oscuridad. Tal es así, que si va usted y mira el cuadro aquél donde salen los jarros chinos pintados, en la base tienen escritas dichas palabras.

- ¿Lo mandó a escribir cuando lo oyó decir de la boca de Elena?
- No Sr. Larralde, ese cuadro tiene como 20 años y esto fue tan solo hace 5.

Despúes del asombro del periodista, de unas palabras de agradecimiento mutuo emparejando cordialidades, lo acompañé hasta la puerta. Me senté, guardé el expediente de la investigación y me quedé observando el cuadro hasta que sonó el teléfono. Atendí y una voz de mujer sensual me susurraba "Ningún mal puede hacerle daño a tanta belleza".

ASTRAL

"¡Ojalá fuera un sueño
muy largo y muy profundo;
un sueño que durara hasta la muerte!…
Yo soñaría con mi amor y el tuyo."
Gustavo Adolfo Bécquer

Un Repaso

El amor de mi vida apareció como aparecen las personas que te dejarán una huella en la existencia. No se planifica enamorarse, no se arma una estrategia para conquistar el corazón de alguien... simplemente sucede. Así, de esa manera, conocí a La Hechicera. Simplemente apareció como cuando encuentras un billete de valor, desde que lo ves y mientras te aproximas, sabes que será un gran tesoro.

Procurando aparentar ser un gran candidato me acerqué a su espacio personal y la invité a vivir, con mucha suspicacia ella aceptó y comenzamos a experimentar una breve etapa de amor. Juegos de enamorados nos hacía acercarnos cada vez más y las cosas se iban poniendo serias. La energía juvenil nos beneficiaba para avivar el fuego del amor en el que nos estábamos hundiendo. Nuestros corazones entraban en ebullición al abrazarnos o besarnos, todo mi ser vibraba de manera intensa al sentir sus delicadas manos apretando las mías mientras paseábamos por algún lugar de la ciudad sanjuanina. Éramos felices en esas primeras semanas... pero todo tuvo un giro inesperado, un final brusco. Pensé que yo era el problema. Pero no, simplemente una restricción paterna nos alejó de un día para el otro. Mi vida se volvió vacía, rutinaria... a tal punto que ya el sol no brillaba para mí.

Pasaron los días y las noches, mis pensamientos la llamaban desesperados. Mi alma pedía a gritos verla otra vez. Sobre mi almohada, una noche, dejé salir el susurro de lamento de no poderla tener, las lágrimas se confundieron con la funda y la cama gemía el dolor de una separación. Moría de momento a momento, cada segundo se esfumaba y se olvidaba. Mientras, mi conciencia retenía el recuerdo de ese último beso, ese último abrazo en la puerta de entrada de su edificio. Y en ese estado me dormí, agobiado por la tristeza, mi cuerpo no soportó ese derramamiento de energía y cayó rendido.

El Primer Viaje

Desperté en mi habitación, caminé unos pasos y mis padres estaban cenando. Hablaban de lo mal que me vieron ese día y debatían si debían llevarme a un psicólogo por mi decadencia en todas las actividades. Mi padre alegaba que era por amor y que pronto me recuperaría, que todos pasamos por esos momentos en nuestras vidas y que de a poco saldría adelante. Mi madre, en cambio, sospechaba que había caído en malos hábitos como la droga, que era necesario enviarme a un psicólogo y que este, luego, nos ayudara en una recuperación familiar. Quise hablarles y no me oían, traté de acercarme lo suficiente para que me observaran y pasé desapercibido, como si fuera invisible. Sentí miedo porque supuse que estaba muerto, que mi cuerpo no soportó la tristeza y expiró su último aliento.

Salí a la vereda, estaba resignado a que había perecido, miré la luna como para buscar la señal divina que me llevaría al Ain o el Averno. Pero no, la luna tenía vida y me miraba fija, como asombrada de mi presencia, levanté la mano e hizo un gesto de correspondencia. Luego de esto, salió disparada como un rayo a otro lugar donde no pude verla. Me senté en una especie de bancos hecho de troncos en la puerta de mi casa, observaba el movimiento del mundo, se agitaba con lentitud. Presté atención al color que se mecía en forma de aire, era una especie de amarillo verdoso, con matices violetas y azules. Observé las estrellas que irradiaban más brillo de lo normal, un espectáculo increíble, una experiencia única.

La luz que me llevaría con Dios o con el Demonio no aparecía y eso me impacientaba, no tenía de quién despedirme por lo que solo dediqué este plano de transición a la apreciación del entorno. Entre mis dudas y golpes de vista, apareció a lo lejos una figura femenina, muy familiar. Tanto que mi cuerpo se estremeció y comencé a conmoverme, era ella ¡Sí! ¡Era ella! Todo mi ser lo sabía, lo presentía. Mis células se alborotaban con solo saber que esa figura le pertenecía y esto me indicaba que efectivamente era La Hechicera.

- ¿Cómo estás? – dijo sonriendo. Sus ojos brillaban con esa tonalidad verde que muy pocas veces tenía, su cabello dorado y ondulado se movía majestuoso entre los colores extraños que el mundo tenía. Era tan bella, tan esbelta y tan, tan... perfecta para mi vida. Quedé estúpido mirándola, no podía salir de ese trance amoroso y ella se sonreía por mi estupidez – Te vi llorando estas noches y quise verte.
- ¿Cómo que me viste llorando? ¿Desde qué lugar me viste?
- Desde acá tonto – dijo con esa dulzura con que solía tratarme – todas las noches venía a visitarte, no puedo vivir sin vos. Y cuando te veía así, lloraba contigo, deseaba abrazarte y consolarte. Pero no podía tocarte. Entonces pedí a mi madre que tú despertaras y así poder hablarte unos minutos.
- ¿Tu mamá sabe de nosotros?
- No esa mamá, tonto.

Seguimos con la charla unos instantes más. Dejamos que el amor nos abrazara nuevamente, disfrutamos el placer de estar juntos. Disfruté, mejor dicho, la dicha de estar a su lado una vez más.

Cuando desperté, repentinamente, mi almohada seguía húmeda por el llanto. Tomé el celular para ver la hora y era de madrugada, para mí había sido todo un día, pero solo fueron unas horas. Mi humor estaba mejor, la adrenalina que te deja la mujer que amas es suficiente para soportar un día lleno de idioteces. Comencé a hacer tiempo hasta el amanecer, uno de mis momentos preferidos es la madrugada. Dejé que la salida del sol me calentara con sus rayos. La vida se encuentra allí, la esperanza circula por tus venas cuando lo ves asomarse detrás de los cerros o del mar. Esa esfera gigante de calor espanta todo lo malo, lo oscuro de tu alma y, en su lugar, deja una luz que se mete por todos los poros de tu piel. Creo que hasta un ciego ve el amanecer, es un espectáculo tan único en la tierra que ocurre todos los días y, por estar pendientes de tonteras, no lo apreciamos como nuestros antepasados.

El Segundo Viaje

Me acosté nervioso, todo mi ser tenía la ansiedad de verla nuevamente. Todo el día pensé si fue realidad o simplemente un sueño producto de mi dolor, llegué a la conclusión que no me importaba. Lo real para uno es irreal para otros. Para mí eso fue totalmente tangible y sensacional, pude sentir sus suaves manos nuevamente y eso no ocurre en los sueños. Éstos por lo general son incoherentes y tienen imágenes de la vida cotidiana pero a ella, ¡A ella jamás la vi de esa manera! ¡Ni así vestida ni con ese brillo!

Esta vez me concentré en la Hechicera. Me acosté con las rodillas en alto y comencé a respirar suavemente, era alrededor de las 10 de la noche y dejé que mi cuerpo se relajara. Cuando menos lo esperé, ella estaba en la silla de mi habitación observándome con esa sonrisa que me transporta a lugares inimaginables. Tomó mi mano y dijo que quería llevarme a un lugar. Atravesamos las paredes sin ninguna dificultad y estábamos en la calle.

- ¿Confías en mí? – preguntó.
- Claro que confío en ti – respondí mirándola a los ojos.

Tomó mi otra mano y quedamos frente a frente, luego pegó un salto y comenzamos a elevarnos, primero eran unos metros, luego eran decenas de metros. Podía ver las luces de las casas de mi barrio encendidas, una imagen que jamás olvidaré. Nos movíamos en dirección a la pre-cordillera, cerca de casa, un lugar que conozco bastante, que en la realidad se sube por unos escalones entre los cerros. Cuando supe que de allí se veía el escudo provincial fui muchas veces, mas por la paz que por turismo. Nos sentamos a observar las estrellas y las luminarias lejanas de la ciudad. Puso su cabeza en mi pecho y con mis brazos rodeé su torso, acaricié suavemente su rostro y le dije cuánto la quería. Levantó su mirada y miró fijamente mis ojos, me besó suavemente y volvió a la posición anterior. Allí nos quedamos absortos por la magia de aquél lugar, del silencio que nos envolvía y de cómo su respiración se relajaba en mis brazos.

Volví a despertar en la madrugada, como a las 4, y traté de dormir nuevamente para rendir el día que me esperaba. Debo admitir que la fuerza de su amor me dejaba con la carga suficiente. Sonreí tanto en esa jornada, todo me parecía maravilloso, todo era incalculablemente genial.

El Tercer Viaje

Esa noche llegué con una alegría que rebasaba mi cuerpo, irradiaba felicidad por todos mis centros. Mis manos tenían luz, mi cabeza brillaba y ¡hasta mi corazón iluminaba la habitación! Dentro de mi imaginación esto era real, era posible porque en las noches estaba junto a la persona que más amaba y si eso era tangible, todo lo podría ser.

Por recomendación de La Hechicera, cambié de lugar los muebles de mi habitación (si ella lo pedía por algo debía ser). Puse la cama en el centro de la misma con la cabecera apuntando al norte, los demás mobiliarios fueron acomodados alrededor de una manera "armónica" – así lo definió –. Más o menos me explicó que debido al magnetismo del planeta la circulación de esa energía pasaría por mi cuerpo y daría mejores resultados para los sueños ¿a qué se refería con mejores resultados? "Mejor desdoblamiento". También me recomendó unas palabras y unos pedidos a seres para que me guíen, pero de eso no me acuerdo tanto. A mí lo único que me interesaba de ese mundo, es que podía estar con ella y lo demás, me daba lo mismo.

Cuando desperté no me estaba esperando, salí a la calle y unos perros me ladraban ¡ellos sabían que estaba allí! Me pareció magnífico, pero tomé recaudos y les ordené que se callaran.

- Sabemos quién eres y no tienes, aún, autoridad sobre nosotros – ¡el perro me habló! ¿Cómo era esto posible? ¡Los animales no hablan! – Claro que hablamos y también escuchamos lo que piensas. De cierta manera somos lo mismo, pero estoy seguro que aún no estás preparado para entender. Si vienes aquí por mucho tiempo, alguna vez, se te explicará – dicho esto la jauría se retiró como si no pasara nada.

Quedé absorto, no lograba entender la situación que había presenciado

"¿un perro hablando?" pensaba mientras lo veía alejarse. Si él pudo comunicarse conmigo, otros animales también lo podrán hacer. En medio de mis reflexiones apareció La Hechicera, sonriente como siempre. Tenía un vestido rojo, se había acomodado el pelo y sus labios eran de color carmesí. Si ya me tenía loco, vestida así se llevó toda mi atención por el resto de la eternidad.

- Tenía visitas en casa y no me podía dormir – comenzó a justificarse – Ahora haremos algo atrevido, que no muchas veces sale bien y confío en que contigo será perfecto.
- ¿Qué haremos?
- Mejor será "¿Dónde iremos?"

Terminado de decir esto, tomó mis manos y automáticamente aparecimos en una ciudad. Por sus edificaciones coloniales mezcladas con modernidad era Córdoba Capital... aunque también tenía similitud con Mendoza. Lo importante es que no era San Juan y eso no me importa tanto como la compañía. El lugar es lo de menos si es con la persona que amas. Lo demás carece de sentido cuando tomas la mano de la persona correcta.

Caminamos, nos reíamos, nos besábamos e incluso bailábamos al compás de la música del universo. Una armoniosa melodía susurraba en nuestros oídos las más trémulas canciones, por momentos se aceleraban los ritmos y luego volvían a bajar de intensidad. Al principio creí que alguien, en alguna casa o departamento, había colocado alguna sinfonía de Beethoven, pero mi poca memoria musical reconocía que no era así. Habían notas que no fueron usadas y que, mezcladas con la carcajada de la Hechicera, jamás podría ser igualado con ningún instrumento. Bailando nos mirábamos fijamente a los ojos, la ciudad era nuestra y los peligros no existían mientras estuviera con ella. Es tan bonito amar. Es tan lindo sentirse amado.

Anduvimos unas cuadras, hablamos de ciertos monumentos que aparecían en el paisaje citadino donde nos encontrábamos. De pronto noté una especie de cable o lazo que sostenía a La Hechicera de su cintura, giré y vi que yo también lo tenía. Me alarmé por ese extraño vínculo que me mantenía cautivo.

- ¡No lo vayas a tocar! – gritó la Hechicera al adivinar mis intenciones.
- ¿Por qué no?
- Porque es lo que te mantiene con vida aquí y en tu cama. Si lo cortas, vagarás en este mundo y jamás podrás despertar... en simple palabras, morirás.
- ¿Alguna cosa más que desees informarme de este mundo?
- Hay mucho que explicar, y posiblemente no lo entiendas. Lo mejor es lo básico, con el tiempo puedes descubrir más de lo que te muestro.

<u>El Cuarto Viaje</u>

Desperté con muchas dudas, muchas preguntas que no fueron respondidas y que la curiosidad me estaba machacando los pensamientos. Un perro que me habló, el cordón que me sostenía, la trasportación de un espacio a otro sin intermedio.... aunque la felicidad me invade cuando estoy a su lado, los cuestionamientos generan eso de no poder apreciar los momentos. Y me sucede mucho que por estar pensando en lo que podría pasar ignoro lo que pasa ahora a mi alrededor... quizás si le quito mente y le pongo más observación vería los momentos de otra manera.

Por el momento me quedo con la imagen de su vestido rojo, su tez blanca resaltando sus labios y su cabello ondulado y rubio. De esa manera se coronó como "La Reina de los Sueños", nadie podría igualar tal preciosidad. La perfección en su máximo esplendor. La inmortalidad de lo romántico habita en ese cuerpo. El éter de la vida se esparció por sus venas y la hace brillar donde quiera que esté.

Morfeo, el custodio de los sueños se sentiría orgulloso de mi avance. El haberme acercado a su palacio debía haberlo alegrado ya que él se siente feliz de poder asistir a quienes le solicitan entrada a su morada. Y esta noche, quería intentar algo que descubrí por mera casualidad en la primera noche: hablar con la luna. Debería ser posible, por lo que cuando me sentí fuera de mi cuerpo físico, corrí a la calle a buscarla. Y allí estaba, paciente e inmensa reposando en la magnificencia del universo.

- ¿Cómo está Sra. Luna? – estaba nervioso por tratar de hablar con la Reina de las Emociones. También me sentí estúpido, en menor medida, por esa pregunta tan inocente. De pronto giró detenidamente y me observó con sus ojos vacíos.
- ¿Qué quieres, Asha?
- ¿Asha? ¿Quién es Asha?
- Ya veo, estás aquí por accidente. Aún no sabes mucho, aún no sabes nada.
- Todos me dicen lo mismo, pero nadie me dice nada.
- Te conozco y tú me conoces, como también conozco a tu Hechicera. Ten cuidado, lo que fácil llega, fácil se va. No estabas listo para estar acá, esto se gana...
- ¿Con quién hablas? – Preguntó la Hechicera que se acercaba a paso sigiloso y detenido.
- Con la Luna – fue raro decir eso ya que la Luna no estaba donde debía y tampoco terminó de hablar. Ella quedó admirada por mi respuesta y algo oscuro se dejó ver en sus ojos. Poco importaba ya que tenía lo que más quería a mi lado.
- Nunca pude ver los planetas de las veces que estuve acá ¿Cómo es que tú pudiste ver la Luna?
- Hay muchas cosas que no sé, mi amor. Esperaba que tú me lo dijeras.

- No importa, es mejor que no sepas nada aún ¿Cuál es el lugar que siempre quisiste conocer?
- ¿Del mundo?
- Cualquier lugar del mundo
- París, dicen que se respira la historia, la cultura y la libertad en sus calles.
- Entonces allí iremos – al decir esto, como las noches anteriores, tomó mis manos y en un abrir y cerrar de ojos estábamos al pie de la Torre Eiffel. La contemplé absorto por su altura, sus formas, su extensión, su arquitectura ¡Por todo! Era genial poder estar a sus pies.

Comenzamos a recorrer las calles con las manos tomadas. Cuando reconocía un lugar se lo señalaba y le contaba lo que sabía del mismo, su historia, los personajes del arte que por allí pasaron. Aprovechaba para hacer notar mi intelecto, para fanfarronear por los conocimientos que tenía y ella solo sonreía y preguntaba para que continuase con los datos, entendía mi entusiasmo de estar en la ciudad de mis sueños. Disfrutaba verme feliz, ver que me comportaba como un chiquillo que corría de una vereda a otra, que entraba a los lugares emblemáticos y salía con la sonrisa de oreja a oreja.

- ¿Quieres que vayamos a la cima de la torre? – preguntó.
- ¡Claro que sí! – y de un momento a otro allí estábamos, sentados con los pies colgando observando la bella ciudad de Francia.

Entre la paz de las alturas y la diversidad de colores que acompañan a tan épica ciudad, algo atemorizó a La Hechicera. Una sombra de gran porte se movía por las calles, entraba y salía de las casas. Cuando noté esa presencia sentí un pavor que nunca antes había tenido. La sensación de miedo que invadía mi cuerpo era demasiado extraña y singular. Miré a La Hechicera que con seriedad movía los ojos de acuerdo a los movimientos del ser oscuro. Traté de preguntar algo, pero puso su dedo en mi boca para que callase. Tuve ganas de irme, apreté su mano con una fuerza delicada para hacerle sentir esto y nuevamente estuve en mi casa. Se despidió y se esfumó en los más misteriosos colores que invadían el ambiente.

El Quinto Viaje

El día fue una discordia de sensibilidad. Por un lado tenía la emoción de haber conocido el lugar de mis sueños; por otro se mezclaba el temor y el misterio de porqué La Hechicera se fue tan precipitadamente. Tampoco debo dejar pasar el hecho de que no pudo ver la luna cuando se acercaba a donde me encontraba. Algo andaba mal y debía averiguarlo de una u otra manera.

Luego de terminar mis quehaceres rutinarios fui a esperar el autobús para regresar a casa. Esta vez le preguntaría qué es lo que pasa y porqué nadie quiere decirme. En el camino vi una medalla tirada en el piso, entre las uniones del cemento que conforma la vereda deformada por las raíces de los árboles. La tomé con cuidado y la observé detenidamente, una estrella de cinco puntas dentro de un círculo y a su vez dentro de un triángulo y un cuadrado. Entre las puntas tenía una inscripción que ahora no recuerdo y se podían apreciar unos objetos a los cuales no le presté demasiada atención.

- Es un pentagrama – dijo mi madre cuando se lo mostré – trae buena suerte... o es de protección. En tu lugar la usaría en el cuello.

Tomé su palabra, porque los consejos de la madre deben ser tomados y ejecutados. No hay madre que le desee el mal a su hijo, no hay madre que no desee protegerlo. Con un cordón fino lo hice un collar que, a pesar de su precariedad, me quedaba bien. Fui a descansar y a ver mi amada Hechicera, lentamente caí en el mundo de los sueños donde Morfeo muy gustosamente me abrió las puertas. Allí estaba ella, esperándome sentada en el sillón del living.

- Me encantan los colores de tu casa. Recién ahora me detuve a observar las paredes.

- Las pinté el verano pasado. Aproveché el calor para poder tener abiertas las puertas y ventanas ¿Dónde iremos esta noche?
- Esta noche te mostraré algo muy raro que practiqué muchas veces, pero que en la mayoría no me salieron.
- O sea que no es nada seguro de que ocurra.
- Nada es seguro de que va a ocurrir- dijo con ese rostro angelical que me llevaba a desearla con intensidad.

Tomé su mano y salimos caminando por la ventana de mi habitación. Unos seres aparecieron surcando los cielos con la mayor magnificencia que se pueda imaginar. Dejaban salir de su espectro una especie de autoridad atemorizante, como si ellos fueran los reyes de este universo astral. Caminamos por los campos que rodean la villa escondida donde vivo, apreciamos los sembrados que daban sus primeros brotes y el delicado llanto de las cepas por el corte de sus sarmientos. Llegamos a un claro y allí nos sentamos sobre unas piedras de gran tamaño, quedé asombrado por el ambiente que nos rodeaba. Una especie de seres diminutos corrían entre los arbustos, algunos parecían hombrecitos con piernas chiquitas que se trasladaban a saltitos como gorriones en busca de comida; por otro lado habían mujeres casi del mismo tamaño, pero brillaban como una luciérnaga. Una especie de submundo fantástico se hacía notar en los sueños, pero que no dejaba de ser real.

- Te enseñaré unas dimensiones ¿Alguna vez quisiste ver, revivir o apreciar algo del pasado?
- Quise ir a un recital y no pude porque no me alcanzó el dinero.
- Entonces a ese momento iremos – dicho esto comenzó a decir unas palabras raras mientras agitaba sus brazos con efervescencia. De pronto, una especie de agujero negro se hizo presente ante nosotros y con toda seguridad ella tendió su mano, con la fe ciega de un cristiano la tomé e ingresamos juntos.

Allí estaba yo, en el 2013, con un clima fresco, nublado y una llovizna caía a cuenta gotas. Sentí el frescor invadiendo mi cuerpo, una sensación tan real que me pareció haber estado en dicho lugar. Comenzamos a recorrer la antesala donde se amotinaba la gente antes de ingresar al predio, palpitamos en comunión el bautizo de mi primer recital de ese mítico y legendario artista. Entramos al autódromo donde tocaría la banda y las luces se apagaron, se escuchó un ruido de tambores, como una sinfonía indígena, un llamado de batalla sugerían los gritos de dicha melodía y... de pronto sonó una voz gruesa anunciando al grupo musical, detrás sonó el tema que más me gusta, con un cortocircuito interminable y enérgico que recorría cada fibra de mi cuerpo; hasta que empezó la guitarra eléctrica dejando salir ese riff dionisiaco "tan tan tan, ta ta ta, tan tan ta, tan ta" el grito desaforado de la multitud, mi adrenalina dejando salir todos mis pesares del pasado y ella amándome con la mirada. Estaba tan feliz de verme feliz que, como sucede en estos casos, duró un pestañeo.

El Sexto Viaje

Además de todo lo que fui aprendiendo en este nuevo mundo místico y misterioso, descubría partes de mi que se hallaban ocultas y, su descubrimiento, no era más que una simple punta de ovillo que vaya a saber uno cuan largo era. Ella estaba allí y nadie podría negármelo. Me amaba, la persona que no ama no vela por el bienestar del amado. Tanto es el amor que podía percibir de ella que sentía que las cosas que me ocultaba no eran por desconfianza o miedo, sino más bien para protegerme. Se aventuraba a enseñarme cosas que no podría comprender, pero sentía que a su vez temía de algo externo a nosotros. Esa sombra debe ser la clave, no todos pertenecen a este mundo y si lo hacen deben tener un lugar físico donde se esconden.

Preguntarle si esos submundos son reales o ilusorios produciría una catástrofe si el segundo caso se diera. Ella no existiría y todo lo que con confianza anduve no será más que un mundo virtual creado por mis deseos más íntimos y ocultos en mi subconsciente ¿Qué será el subconsciente? ¿Qué será el consciente? ¿Quiénes son los verdaderos inconscientes? Por amor a la sabiduría debo consultar qué es ese lugar, a dónde me lleva, de dónde vino, quién o qué lo creó.

Ingresando a ese mundo etérico la encontré parada de espalda con un pantalón de jean ajustado, una remera roja y el cabello atado con cola de caballo. Contemplaba la creación esperando mi llegada. Se veía hermosa desde todos los puntos de vista. Toqué su hombro con suavidad y al girar le di un beso de bienvenida, correspondió deseosa por mis suspiros. Tenía la mirada triste, como si algo estuviera mal en su realidad. Me abrazó con firmeza y entre lágrimas, una mujer llorando es un calvario para cualquier hombre que conoce el amor y el dolor. A pesar de su fortaleza y seguridad, necesitaba que la contuviera. Por más que una mujer se vea valiente e independiente necesita tener el apoyo de quienes ama, todos lo necesitamos.

- Quieres contarme que te sucede – consulté con timidez.
- Solo quiero enseñarte lo que falta – respondió con brusquedad y comenzamos a caminar hacia los cerros más cercanos – El tiempo, la velocidad, la gravedad y otras leyes que nos rigen en el mundo físico prácticamente no existen en este lugar, eso se traduce en que tan solo en unos segundos se puede estar en un punto y otro del planeta (o incluso del universo). Así mismo, ayer fuimos al pasado, pero al futuro solo se puede ir si adquieres (o te prestan) ciertas... ¿Cómo decirlo? "virtudes". "La Creación", de todas maneras, deja mensajes crípticos referidos a tu existencia actual y futura, y por lo general lo hace con imágenes que conocemos. Para todo esto siempre hay que tener cuidado y una mente tranquila. Si vienes solo (que de seguro lo harás) puedes caer en lo que se llama "bajo astral" o "alto astral" ambos mundos tienen sus mensajes, dependerá de tu psiquis y de cómo hayas vivido ese día. Por otra parte, el inconsciente se mezcla en estos planos, por lo que puedes

ver personas conocidas haciendo cosas estúpidas o un planeta hablando contigo. Es un universo misterioso, poco pueden acceder a él con conciencia y por esto es mejor darte un ejemplo.

El cielo se oscureció de forma precipitada, todo se volvió tenebroso y un muerto apareció frente a nosotros, caminó hacia mí y me miró fijamente. Tenía un ropaje que conocía, era la remera que solía usar y lo mismo con el pantalón, al parecer era yo. Ni más ni menos que una parte mía había muerto ¿Pero cuál? Es difícil saberlo. Al seguir por ese lugar apareció la sombra siniestra que nos perseguía en Paris. Miró a la Hechicera y comenzó a decir:

- "Te dije que con él no puedes ni debes verte, es parte del círculo rival, no debe saber quiénes somos"
- No sabe mi nombre real, no sabe el tuyo... y ni siquiera sabe el de él. Déjanos en paz unos minutos y acabaré con esto – Luego de esa respuesta la sombra se desvaneció entre la misma penumbra.
- ¿Me puedes explicar qué carajos fue eso? – interrogué a la Hechicera que tenía un rostro diferente, uno que jamás había visto. No era la mujer de rizos dorados y labios carnosos que había conocido. Su rostro no era el mismo, no ¡ni sus ojos!
- Solo puedo decirte que en la otra parte de este lugar no tengo permiso de entrar, en cambio tu sí. Te acompañaré hasta la entrada, ellos te indicarán la salida y ya no estaré aquí por un largo tiempo.

El Séptimo Viaje

Si supuestamente me mostraría la entrada a ese otro lugar no entiendo por qué desperté" fue lo que pensaba mientras luchaba mentalmente con no tener miedo por la parálisis de todo mi cuerpo. Porque sí, era la primera vez que sucedía, pero algo me había advertido un amigo tiempo atrás "solo debes mantener la calma, si estabas en un sueño es porque tu consciencia deseaba quedarse. Si no lo estabas es porque tu cuerpo aún no recupera la motricidad." Y eso traté de hacer, mantener la calma el mayor tiempo posible.

Quería saber a qué se refería con eso de que no podía entrar al otro mundo, era algo que me mantuvo en vilo todo el día. Además esa transfiguración que tuvo su rostro no era normal, no era mi Hechicera. La pregunta que me perseguía ahora era: ¿La amo realmente o solo fue un deseo momentáneo de mi energía juvenil? ¿Cómo no amarla si fue lo que más me hizo sufrir en la vida cuando no pude seguir viéndola? ¿Acaso me enamoré del dolor que me produjo? El amor no debería doler ¿Acaso sufro por el deseo de su presencia constante en mi vida? Tantas preguntas que no tienen una respuesta concisa sino una sarta de teorías banales por gente que, quizás, nunca amó... o sufrió por amor.

Ingresé otra vez a ese mundo alterno, esta vez no esperaba la presencia de La Hechicera, y caminé por las calles con la presencia de la Luna sobre mis hombros. En un momento ella se adelantó y señaló mi hogar, observé que se veía fuego. Comencé a correr precipitado creyendo que en el mundo físico se estaba produciendo un incendio, entré y quise ir a mi habitación donde estaba mi cuerpo, pero las llamas provenían de allí, una bocanada de humo me sacudió cuando abrí la puerta y allí estaba mi "yo físico" como flotando sobre un río y a su alrededor un infierno de fuego se manifestaba sin control.

Toqué la medalla que estaba en mi pecho, no sé por qué, pero fue lo único que se me ocurrió hacer, miré la inscripción y la repetí en voz alta, con una mezcla de miedo y autoridad. Ni más bien terminé la palabra, el techo se partió en pedazos y todos los planetas se amontonaron allí y me observaban en silencio.

- Asha – dijo Saturno estremeciendo la habitación – Si un enemigo no saca lo mejor de ti entonces no era un enemigo. Ella lo era y mira hasta dónde has llegado.
- Ella no era un rival, es el amor de mi vida – respondí asombrado por hablar con los planetas.
- El amor a veces rivaliza – dijo Venus.

- Y esa rivalidad destruye y construye- Dijo Marte.
- Y cuando destruye, queda el dolor, que luego se purifica en un amor más fuerte – Dijo la Luna.
- Por eso debes dejarla ir, para que tu amor se fortalezca – Dijo Mercurio
- Y así brilles por sí solo, y a su vez, hagas brillar a los demás... Asha – terminó diciendo el Sol.

Cuando desperté, sentía pena porque sabía que no volvería a ver a mi amada Hechicera... ni siquiera pude despedirme para darle un último abrazo. Esté donde esté, agradezco tanto lo que me enseñó. Pero, lo que más aprecio, es haberme enamorado de mi mayor enemiga.

NI AQUÍ, NI ALLÁ

"Lo mismo que mis notas, que no entiendes, tal es el juicio eterno a los mortales."
Dante Alighieri

En estos días la sociedad vive ajetreada por la velocidad en que transcurren los eventos. No se disfruta nada, no se vive, no se aprecia el mundo que habitamos. Recién en este momento puedo verlo, darme cuenta, pero antes era igual a todos. Un muerto sin alma que transitaba el universo, ciego e inmutable a todas las aventuras que éste nos brinda. Siempre hay un giro inesperado y eso ocurrió con una pregunta, con un instante que ignoré.

Era el día de mi cumpleaños, no recibí ningún tipo de saludo, indiferencia total por parte de quienes me rodeaban. Ni mis padres ni mis amigos se acordaron. Al mediodía supuse que habría una fiesta sorpresa, pero no fue así, solo era yo de la mano del desamparo. Por la noche fui a visitar una amiga (de esas con las que se puede ser libre sin amor) y cenamos unas hamburguesas grasosas. Ella debía irse a una fiesta y, segundos antes, le dije que era mi día especial. Se sorprendió y se sintió culpable, habíamos degustado una sabrosa comida y en todo ese tiempo ignoró que comencé un nuevo giro al sol en un desinterés total. La acompañé a la puerta, se fue en un taxi, y mi alma devastada caminaba por las avenidas en busca de ese aliento de positivismo que no apareció en todo el día.

Observé la hora en el celular y chequeé si algún buen augurio se manifestaba, con una esperanza que se apagó sin novedades. La penumbra de la ciudad semivacía aumentaba la melancolía de mi espíritu. Las luces tenues le daban esa amargura y desencanto que solo un ser solitario puede apreciar.

Quise buscar una chispa dentro de mí: "Vamos, aún le quedan quince minutos a tu nuevo año". No se puede tapar la luna con un dedo, no estaba seguro porqué quería sentirme bien si ya el día había transcurrido en la indiferencia total. Quizás, como todo humano, necesitaba el intercambio social, pero si no se daba ¿Qué podía hacer? Tal vez mi error fue alejarme de todos quienes quisieron acercarse, tal vez la añoranza de un amor finalizado me encerró en una cárcel de soledad, quizás no soy alguien con quien se pueda ser alegre.

La lúgubre sombra de un árbol deseó aplacar esa última chispa, a su pie un vagabundo maltrecho y oloroso me acechaba. Lo ignoré, como todos lo hicieron conmigo, y continué a paso inseguro con mi mochila de decepciones.

- ¿Estás listo para morir? – dijo el vagabundo que se había apegado a mi espalda.
- ¿Qué? Deje de molestar – respondí con brusquedad.
- ¿Cuánto pesa tu alma? – volvió a insistir.
- ¡No sé de qué me habla! ¡déjeme en paz! – y comencé a acelerar el paso para perderlo. Cuando hice unos cuantos metros, noté que continuaba mirándome. Crucé la calle sin mirar y un auto me levantó por los aires, golpeé con mi espalda en el parabrisas, mis piernas se adormecieron con el paragolpes y mi cabeza estalló en el frío y duro pavimento.

Me levanté y observé como el hombre del auto salió rápidamente del vehículo. Con una mano se tomaba la cabeza, sumido en nervios y, con la otra mano temblorosa, trataba de llamar una ambulancia. Otro conductor se detuvo y también llamaba a emergencias. Y yo allí, tendido en el helado piso, con mi nariz y oídos sangrando, con mi pierna torcida de forma poco natural y un brazo quebrado en partes, que se mantenía unido únicamente por la piel. Los moretones en mi rostro, la respiración pausada, entrecortada, que disminuía levemente. De pronto un espasmo muscular se dejó ver, tratando de reaccionar, que luego se volvía inútil. Mi ropa húmeda, por la helada que me acobijaba, el pantalón de jean roto en la rodilla y donde tenía la quebradura; la campera rasgada dejando ver el relleno, y uno de mis pies sin zapatillas.

El vagabundo me observaba, inmóvil, se podía ver la misericordia en sus ojos, esa empatía de dolor ajeno que solo algunos pocos conocen. Se acercó despacio, sutilmente, y me tomó del brazo.

- Te lo pregunté – comenzó diciendo – y me ignoraste.
- ¿Quién eres? – pregunté sabiendo que llegaba mi hora de partida.

- Tengo muchos nombres – respondió sigiloso –. Es hora de ir al juicio.

Así como tomó mi brazo, lo hizo con todo mi cuerpo y aparecimos frente a un espectro gigante, de oscuro vestir, con alas blancas y brillantes, y una espada negra en su mano.

- Tus hechos no pesan demasiado – dijo el espectro – ¿Algo para decir en tu defensa?

- ¿Las intenciones cuentan? – pregunté.

- Él tuvo muchas buenas intenciones – se adelantó el vagabundo–, y así también abogó por la buena ley de no dañar cuando podría haberlo hecho, glorificó su vida soportando pesares dificultosos que, sin embargo, eso es muy importante. Cuidó su templo, sus manías, su energía, mi Señor.

- Se valora el trabajo en sí mismo que llevó a cabo – dijo el imponente y justo espectro – Ahora sin más, su energía aboga a su favor, como bien lo has puesto a mi disposición, más sin embargo, no cuidó muy bien su templo, un vicio lo atrapó varios años.

- Pero lo dejó tiempo antes de partir, mi Señor – respondió el vagabundo.

- Se valora esa toma de conciencia – añadió el Ser, luego me dirigió la mirada –. Tienes mucho por vivir, mucho por conquistar... y poco tiempo. Haré lo que es difícil de hacer, te enviaré nuevamente porque aún no es tu hora, no sabes tu nombre siquiera. La justicia se ha proclamado – sentenció firmemente el asombroso ser oscuro.

Desperté con un respirador, un sonido molesto que marcaba mis latidos y mi madre sentada al costado de la cama. Sus ojos estaban cerrados, pero se notaba que de ellos habían corrido manantiales de lágrimas. Mi progenitora pegó un estallido de felicidad y lágrimas, y se derrumbó sobre mí. En menos de treinta segundos una enfermera llegó agitada, sacó a mi madre con una dulzura ágil y feroz, y me tomó el pulso. Detrás, un médico con una linterna me encandilaba ambos ojos mientras la enfermera sacaba a mi mamá de la habitación.

-   Eres fuerte, muchacho – dijo el médico con una sonrisa de alegría tras ver un milagro.

GUALICHO

"Es digno del máximo respeto su consejo sobre la manera de usar el Poder Mágico, cuando se lo adquiere, para honra de Dios, bienestar y alivio de nuestro prójimo y beneficio de toda la Creación Animada."

S. L. Macgregor Mathers

No me impactó nada de ella, era una mujer normal, común, alguien del montón que no deslumbra ni sobresale de entre cualquier multitud. Quizás sea mi frío cerebro el que no se sorprende con nada ni nadie, o tal vez sea mi corazón de piedra que no deja lugar siquiera a mis tontos lamentos. En una de esas ella debía estar allí para mostrarme eso. Bah, mentiras propias para darle un enérgico sentido a la vana existencia. El tema es que ella estaba allí, contemplando el vacío de la calle entre tanto gentío que va y viene con prisa. Quizás fue un invento de mi memoria defectuosa producto de las tantas ridiculeces que imagino, ya saben, hay recuerdos que varían según la edad y los pensamientos del momento que vivimos al traerlos. Como por ejemplo, cuando amanecí por primera vez junto a ella y abrió sus ojos color miel y con vergüenza se levantó rápidamente yendo al baño para arreglarse. Muchas veces, en el futuro, hacía eso de levantarse primera para arreglarse y así, cuando yo la mirara por vez primera, estar esplendida, con el cabello arreglado, maquillada y toda perfumada. Como sea, a veces pienso en la nostalgia que esto me trae, otras veces me siento dichoso de haber pasado tanto tiempo con una mujer que tenía tal amor que se preocupaba en verse bien para mí a toda hora.

No redundaré en detalles de cómo nos conocimos, esta no es una historia de amor. Solo diré que fue tan romántico como lo puedan imaginar: el coqueteo durante el trabajo, esas miradas furtivas y risueñas que dejaban ver una hoguera en su pupila; también el primer beso y los paseos de la mano en las oscuras calles céntricas poco seguras que en ese momento no nos importaba. Dije que no hablaría de esto, pero bueno, solo es para ponerlos en contexto. Como cuando me retó por primera vez, íbamos a salir un domingo a la tarde y estuve esperándola por 45 minutos en la puerta de su casa, le envié un mensaje de texto (en ese entonces no se usaba mucho WhatsApp) y cuando salió comenzó a regañarme por mi atrevimiento. Luego como venganza, fui al baño y me demoré

20 minutos jugando Candy Crush por el solo hecho de que entre ser y no ser, soy un vengativo.

Después de unos años, la relación se desgastó y todo terminó ¿Fin? O sea, quizás aquí es cuando todo comienza, la verdad es que no sé si era necesario decir lo anterior, solo quiero contarles mi historia y comienzo a divagar. Si, era necesario que sepan que hubo una etapa de enamoramiento, luego una de amor que duró tres o cuatro años y tuvo el fin que toda pareja debe tener. El tema es que tomé las cosas con mucha madurez, quise suicidarme y esas cosas ¿Qué estúpido, no? Cómo preocupé a mi familia por mis comportamientos y mis crisis, me enviaron a un psicólogo y dijo que estaba en una etapa de duelo y todo lo que cualquier portal de internet les podría decir lo que sucede luego de una ruptura amorosa. Pero como esto no tranquilizaba a mi familia, decidieron que vaya con una señora que al verme gritó "¡gualicho!" y fue como: "¡Doña! tampoco para que se ponga así de loca". Comenzó a girar en círculos alrededor de mi esquelético cuerpo y me analizaba con un ojo entrecerrado, hasta que, con una de sus manos duras de tanto amasar como buena mujer de campo, resolvió darme un golpe en seco en la espalda. Me dejó sin aire un momento y comencé a desmayarme y me sostuvo con fuerza para que no caiga pesadamente al piso.

De pronto una rata apareció y me señalaba un lugar, un campo semidesértico con dunas y algunos yuyos secos. Caminé en esa dirección y la rata me seguía a la par, pensé "¿Qué carajos hace este animal a mi lado? ¿Por qué una rata? Me producen tanto asco estos bichos". Como si adivinara mis reflexiones, el animal se trepó por mis ropas harapientas, que hasta ese momento había ignorado, y como si estuviera enojada me dijo: "Tú me diste esta forma". No me molestó que trepara por mis vestimentas a pesar del pánico que esto me producía, sino que me molestó su insolencia al hablarme... esperen ¿Hablarme? ¿Una rata me habló?
-    Sí, claro que te estoy hablando.
-    ¿Y quién sos? ¿Cómo es que puedes hablar?

- Soy con quien estabas antes de aparecer aquí. Lo que pasa es que no llegué a decirte que pienses en un animal y bueno, al parecer me convertí en el animal que más desprecias. Quizás sea bueno, a ver si así enfrentas tus miedos de una vez por todas.

- Eso explica muchas cosas, que no me interesaba saber ¿Dónde estamos?

- Si avanzas unos metros más y levantas la única piedra que hay en este paisaje, entenderás.

Así lo hicimos, hasta que debajo de un algarrobo, había una piedra laja de unos cincuenta centímetros. Procedí a levantarla con cuidado y debajo había un paquete negro atado con un piolín trenzado de rojo y negro. Desaté el nudo y abrí con cuidado la tela sobre la piedra usándola de mesa. Allí había una foto mía abrazado a la mujer que amaba. Estaba cortada a la mitad y mi cara tenía agujas con sangre, también estaba escrito con símbolos sobre mi coronilla y había una cuerda simulando ser una horca sobre mi cuello. En la mitad donde se encontraba ella, había un corazón con cera de vela roja y le habían añadido la foto de otro hombre. Me asusté y, a su vez, me sentí indignado por las estupideces que hacen las personas.

- ¿Por qué mierda hacen esto?

- Porque hay personas que gustan de hacer el mal, de andar por el mal, de servir al mal... y luego terminar mal.

- ¿Y por qué a mí? ¿Qué me hicieron?

- Porque eras un obstáculo, cuando la luz llega, no muchos están dispuestos a estar frente a ella. En cuanto a qué: te atacaron en tus dos únicos puntos débiles, quizás en el de la mayor parte de las personas. Estos serían tu mente y tu corazón. Por lo general es alguien que no los quiere ver juntos y saben que tu corazón y tus ideas no tienen la maldad a la que ellos están acostumbrados.

- ¿Y quién me haría algo así?

- ¿Seguro quieres saber?

- Y si, esta gente no puede andar por la vida haciendo esto.

- Antes, debo saber qué quieres hacer. Librarte es fácil, lo difícil es la decisión que tomes luego de que te liberes.
- Dime las opciones, capaz que alguna convenga más que otra.
- Al sacarte el mal, debo devolverlo. Como toda energía creada y que doblega tu voluntad recaerá con mayor gravedad en quien lo hizo, por lo que posiblemente damnifique físicamente a esas personas o su sangre...
- Espera ¿Su sangre?
- Si, su descendencia. Pasa que el mal de los padres también recae en los hijos.
- Eso está mal ¿Otra opción?
- Que recaiga en mí o en mis descendientes.
- Uf, que pocas opciones tengo.
- También puedes quedártelo, no vas a pensar bien por un tiempo y luego, si tienes suerte de no morir, vivas sin emociones y solo pensando en ella... una especie de discapacidad hasta que mueras.

   Bien, hasta aquí las cosas no son muy alentadoras. Como habrán leído, todo se fue al carajo y solo en ese momento debía tomar una decisión. Claro que tenía la indignación a mi favor, como también tenía la prudencia de que mi libertadora no se viera envuelta en mi tan mala suerte. Después de tanto tiempo, debo anticipar que mi decisión no fue la correcta, pero los llevaré al presente de esa hermosa y fabulosa escena.

- Entonces, como no quiero verme así de maniatado el resto de mi vida y tampoco quiero que usted, por ayudarme, la pase mal, es mejor que devuelva el daño a quienes me lo hicieron ya que ellos se lo buscaron.
- Entonces eso haremos, cuando volvamos ya estará hecho.
- ¿Y cómo es eso posible?
- Mientras estamos acá, en el mundo físico estoy haciendo otras cosas como hablar con tu madre y deshaciendo esto.
- Eso es genial ¿Puedes enseñarme?
- Claro. Cuando estés al cien por ciento me vendrás a visitar. No lo sabrás, pero por suerte yo sí lo sabré.

- ¿Y quiénes me hicieron esto? Solo para volver al tema.

De pronto aparecimos en una casucha de ladrillos de barro, había mucha suciedad en los alrededores y cuando ingresamos estaba todo oscuro. En la puerta vi una camioneta que conocía bastante, una Fiat (o Ford), no soy bueno con las marcas de vehículos. Otra vez, en su interior, había dos siluetas de mujeres que estaban de espalda y frente a ellas estaba un tipo deforme, quizás muy mayor, pero no más de treinta y cinco años.

- ¿Sabes quiénes son ellas?
- Creo que si ¿Y tú sabes quién es el tipo?
- Es un idiota que hace mucho estoy buscando. Gracias a vos ya sé dónde vive.
- ¿Eso es bueno o es malo?
- Bueno para mí, para vos y para muchos más. Malo para él porque su Marqués no creo que lo perdone.
- ¿Quién es su Marqués?
- Son espíritus que tienen a su cargo cierta cantidad de seres, pero esto te lo enseñaré con detalles en un futuro. Ahora bien ¿Quiénes crees que son esas mujeres?
- Una es la hermana, la otra es su madre. No quisiera que les pase algo malo, mas porque ella que se sentirá mal.
- Es hermoso como ninguna maldad vence al amor. Pero hay cosas que no podemos evitar, hijo mío. Lamentablemente, en estas situaciones eres tú o ellas y, si mi opinión cuenta, debes ser tú, porque el sacrificio y el altruismo debe ser para otras situaciones.
- ¿Y luego qué pasará?
- En el futuro, después de que pase lo peor y te sientas mejor, verás como todo esto fue real.
- ¿Cuánto me costará esta ayuda que usted me está brindando?
- Nada, cuando uno salva un alma está ganando un sillón en el paraíso. Si te cobrara, no ganaría virtudes sino un vicio.
- ¿Esto es todo?

Una vez en la realidad comenzó a decir que Dios era grande y, como toda vieja criolla, tenía un bello altar con vírgenes y santos adornados con flores – en su mayoría rosas – y unas velas blancas, con una gran cantidad de cebo en los platos donde se encontraban. Seguí observando la santidad de esa habitación y comencé a cuestionarme cómo llegué hasta allí ya que mi última memoria era cayendo al piso. Pero bueno, la mujer siguió hablándole a mi madre y dándole unos consejos rituales como, por ejemplo, que rezáramos una oración a la Virgen cada vez que almorcemos y cenemos. Le explicaba que La Madre siempre está en las dificultades de sus hijos, como la virgencita a los pies de la cruz de Cristo velando y sufriendo junto a él. Si analizamos esto, tiene sentido ya que en ese momento quien se preocupó en primer lugar por mi salud mental fue mi madre, el resto de mi familia se burlaba (es normal esto del "bullying" familiar así que no puedo hacer nada más que reírme con ellos). Volviendo, luego me dijo que fuera lejos de mi casa y haga estallar un huevo en el pavimento (si, así como lo leen), por siete días seguidos debía caminar por la calle hasta estar lejos y hacer estallar el mismo con todas mis fuerzas, lanzarlo con la mayor ira posible. La verdad, es que no sé en qué me ayudaría eso, pero lo hice. Finalmente me dio una bendición y mi madre deseó pagarle por su ayuda, pero ella no lo aceptó.

Han pasado tres años de esto, he avanzado bastante desde aquél entonces y ante mi incredulidad por la existencia de la magia en todas sus formas, hoy estoy tratando de controlarla y siempre llevarla para el bien. No fue este el motivo que me llevó a escribir lo que acaban de leer, lo que me motivó a hacerlo fue cuando hace una semana, estando en un café céntrico, vi pasar a la hermana de mi ex con su hija en silla de ruedas y, al verme allí sentado con mucha tranquilidad, comenzó a insultarme y decir que su hermana estaba con alguien mucho mejor que yo. Conmovido más por su hija que por los insultos, levanté el vaso con soda y la saludé bebiendo todo el líquido de un trago como si fuera un shot de tequila.

Hablé esto con mi maestra y dijo que era normal, el vivir en esos mundos te lleva a ser prisionero de cosas viles, pero ése era el momento en que entendería que todo lo que hacemos tiene su consecuencia y, muchas veces (lamentablemente), pega donde más duele.

SOÑANDO CON EL DR. DOSI

"Ellos, los sueños, indican el camino con símbolos y señales de toda clase, en cada hecho, en cada momento, entre las cosas y entre las personas…"
Jorge Bucay

No creo en los sueños. Para mí son imágenes y palabras producidas por nuestro cerebro en un momento de distracción, mezclados con sonidos del exterior – Dijo el Dr. Dosi.

- No entiendo ¿Qué sonidos del exterior influyen en el sueño? – Preguntó el Dr. Iraki

- Es simple – sonreía como esperando la pregunta – si tú te duermes y yo coloco un radio en el informativo y dicen que hubo un terremoto en... no sé, Indonesia supongamos, tú soñarás con que estás en una calle con edificios derrumbados, personas sangrando, bomberos, ambulancias, rescatistas, etc. o bien, puedes estar en la oficina del hospital viendo las imágenes por TV.

- ¿Y de dónde saca esas imágenes el cerebro? – Pregunté para incluirme en la conversación.

- De otras imágenes retenidas hace años. Quizás viste imágenes de terremotos anteriores, entonces tu cerebro las retira de la memoria y las vuelve a proyectar en un lugar (que también retira de la memoria) produciendo movimientos que...

- Ya sé, también saca de la memoria – Interrumpió sarcásticamente el Dr. Alonso.

- No, son nuevas para no confundir las verdaderas imágenes con las creadas – Completó mirando al Dr. Alonso con suficiente soberbia.

- ¿Qué opina usted de los momentos de la vida en que uno dice "esto ya lo soñé"? O como se lo conoce normalmente, el famoso "Deja vú" – Pregunté para continuar con la interesante charla.

- Creo que el poder del cerebro es tan amplio que, con una pequeña energía impulsada bruscamente por la naturaleza podemos crear, o decodificar, espacios, tiempos y personas que nunca vimos.

- También podría hablarse del famoso "soplo de la muerte" Dr. Dosi. Ese suspiro que, según dicen, emitimos antes de morir con una codificación única de nuestra existencia y que cuando reencarnamos lo absorbemos para volver a repetir esas situaciones o momentos de esa última existencia hasta que las superemos. – Añadió el Dr. Iraki.

- Ustedes me hablan de "Energía Natural" y "Reencarnaciones" ¿Eso no es parte de alguna de esas religiones orientales? ¿No creen ustedes que estamos debatiendo un tema científico y no espiritual? – Reprochó el Dr. Alonso.
- Un científico muy conocido dijo alguna vez "La ciencia necesita de la espiritualidad como así también la espiritualidad necesita de la ciencia". Pienso que no debemos diferenciar esas palabras que marcan el rumbo de la vida.
- ¿De qué religión es usted Dr. Dosi? – Pregunté obligado por la incomparable duda que me abatió en el momento.
- ¿De qué religión son ustedes? – Dijo Él
- Yo soy ateo – Respondió Alonso.
- Yo soy Judío – Añadió el Dr. Iraki.
- ¿Y Usted? – dijo mientras dirigía su mirada a mi rostro admirado por el grupo en el que me encontraba.
- Yo soy cristiano. Católico Apostólico o Cristiano con poco ejercicio del mismo exactamente. ¿De qué religión dijo que era usted? – Pregunté rápidamente mientras el Dr. Alonso prendía un cigarrillo e invitaba al Dr. Dosi, que él, con mucha educación, abrió la mano e hizo un gesto de negación.
- Yo soy Dosieísta. Tengo las mismas creencias que usted, el Dr. Alonso y el Dr. Iraki. – Respondió con seriedad.

El ambiente se puso tenso, una carcajada del Dr. Alonso golpeo al silencio y las cejas de Dosi se llenaron de una ira pacífica y humilde, como diciendo "Pobre de este tipo que no sabe de lo que se ríe". Mientras yo intentaba adivinar sus pensamientos este empezó a hablar con un tono apagado, como resignado a que no lo entendamos.

- Yo sé que piensan que es un chiste o que es un tipo de secta, pero es mi religión, creada por mi propia filosofía. Es una mezcla de sus creencias, que conforman una totalmente mía y con la cual estoy satisfactoriamente feliz.

Yo me pregunto si ustedes tienen bien en claro su Fe, mi religión no busca materializar nada, no busca una guerra espiritual, tiene un solo y único Dios, como así también un único Demonio. Ustedes alaban al mismo Dios, pero pelearon o pelean en su nombre, cada referente de su religión les explicó lo mismo que otros de otra y ustedes se dividen en grupos, la "Comunidad Judía", la "Iglesia Católica", los "Templos Budistas", la "Asamblea de Dios", etc. siendo que todos les promovían la Unión, la Paz, la Humildad. Ustedes interpretan la mitad de sus enseñanzas y mal utilizan lo poco que entienden. Mi religión, como les dije, tiene un Dios, que soy yo; y un demonio que también soy yo. También veo en cada uno de ustedes un Dios y un Demonio, depende de ustedes si quieren alimentar su parte buena o mala – Termino de decir el Dr. Dosi mientras lo mirábamos con perplejidad absoluta.

- Pero estamos unidos – Hice una pausa – Alonso es Ateo, yo soy Católico e Iraki es Judío. Es justo lo que usted nos intenta decir, nosotros estamos unidos por el trabajo, por la amistad, por todo.

- Pero ¿Usted está seguro que ellos son de esas religiones, que yo soy real y que esto no es un sueño? – Fueron las últimas palabras que escuché antes de que sonara el radio-reloj de mi padre con el informativo de las seis a.m. con la noticia de que hubo un terremoto en Indonesia a las 5:30 de nuestro país.

LOS 5 ELEMENTOS

Llegado un día, sobrevino sobre mi sueño un anciano que vivía en una casa de ladrillos de barro, con un techo de cañas y una galería pequeña de no más de 4 metros. Su *"rancho"* estaba alejado de toda civilización, tenía unas cuantas gallinas, unos cuantos perros y una huerta con varios vegetales crecidos de distintos tipos. A él solían llegar personas con distintos tipos de problemas desde lugares alejados. Lo hacían de todas partes del mundo conocido y esto era tan solo por un consejo suyo.

Pasó un día en que un auto lujoso se aproximaba y el viejo estaba sacando agua del pozo, bombeándolo con un viejo grifo rojo despintado de hierro, él observaba la tierra que éste levantaba mientras se aproximaba. Al pararse en la puerta de su domicilio, descendió una mujer adinerada, con un fino vestir y joyas caras.

- Señor, he venido por su consejo. Muchos me han hablado de usted y deseo su ayuda. Le pagaré lo que me pida – Dijo la Señora.
- Buenas Tardes – comenzó diciendo el ermitaño –. Dígame usted, en qué puedo serle útil.
- Estoy pasando por un gran padecimiento, uno que me aqueja muchísimo. Mi hijo, el mayor, ha pasado a otro plano y mis lamentos son muchos, casi que me privan del apetito ¿Qué puedo o debo hacer? Lo que me diga lo haré.
- Lamento su pena y extiendo sobre usted mis condolencias. Lo que me pide no es fácil y no puedo hacer milagros, pero si puedo darle consuelo.
- Gracias – respondió entre dolorosas lágrimas la mujer –. Dígame cual es el consuelo, por favor.
- Irá a un río, el que esté más cerca de donde vive, quizás a ese que está a unos kilómetros. Buscará un lugar que no sea concurrido por las gentes y llevará con usted un acampe y su familia. Todos juntos estarán allí por tres días seguidos. Beberán su agua, se bañarán en él y llorarán dentro de él. Una vez que pasen los tres días, volverá aquí y me contará.

La mujer tomó la mano del viejo e intentó besarla, éste con un gesto amable no se lo permitió y le dio su bendición para que se marchase.

Al otro día apareció una pareja por el camino, el viejo estaba en la parte trasera de su hogar haciendo unos bordos para sembrar unos tomates porque ya era su tiempo. Al escuchar los pasos en el silencio del campo, tomó un poco de tierra, se pasó por ambas manos y fue al frente de la casa a esperarlos.

- Buenos días, Maestro – Dijo el joven enamorado.
- Hola, Padre – Dijo la esposa.
- Buenos días, queridos ¿En qué les puedo servir? – Consultó el Ermitaño.
- Mire Padre – comenzó diciendo la esposa – llevamos tiempo conviviendo en pareja y tras dos años de intentos no podemos concebir. Si usted es muy amable ¿Nos dijera qué podríamos hacer?
- A veces el ángel de la vida tiene sus demoras, queridos. Van a ir a un bosque, selva o cualquier lugar con abundantes árboles y pocos visitantes. Allí se estacionarán por tres días, tan solo ustedes dos y el amor que por sus miradas brota. Una vez que termine ese tiempo, vendrán aquí de inmediato.

Luego de palabras de agradecimiento, ambos jóvenes salieron caminando velozmente para así no demorar un día en hacer lo que el viejo les dijo.

Al día siguiente, fue con él un joven de pelo largo y barba descuidada, vestido con ropa haraposa y zapatillas casi rotas. El viejo estaba haciendo fuego para calentar la pava cuando divisó al joven acercándose, tomó un palo del fuego, lo agitó hasta que se apagase y lo volvió a colocar en las llamas para que se encendiera.

- Hola, buen hombre. He venido de lejos a pedir consejo sobre mi situación – dijo el joven harapiento.
- Hola, estimado. Dime lo que te tiene preocupado,
- Resulta que hasta hace un año atrás, mi vida era prospera, pero ahora todo quedó en el recuerdo. Las deudas me

llevan, el hambre me persigue y perdí todo lo que tuve... quizás más.

- Las vacas flacas suelen tener esto de no dar buena leche, mi amigo. No se preocupe, mi niño, hará lo que le digo sin cuestionar. Se sentará en su hogar, bajo el sol por tres días (cubriendo su cabeza, para no insolarse). Al caer la noche, irá a un lugar seguro y encenderá una hoguera, la contemplará hasta el sueño y dormirá a su lado. La mañana siguiente emprenderá viaje hasta aquí.
- Gracias, buen hombre. Lo haré al pie de la letra.
- Vaya con su Dios, mi niño.

Finalmente, llegó un hombre en una motocicleta americana, bien cuidada, con detalles de ser modificada. Bajó de la misma y entró como dudando si era el lugar que buscaba. El viejo estaba sentado en una silla baja de palo y paja, observándolo mientras respiraba profundamente el aire puro del campo. El motorizado llegó hasta la galería de la casa y apreciaba el lugar con asombro.

- Una mirada curiosa, es por ojos deseosos de paisajes – dijo el anciano.
- He viajado mucho, pero nunca vi tanta paz – respondió sonriente el motorizado.
- Dígame, aventurero ¿Qué viento lo trae por acá?
- He viajado mucho tiempo, recorrido muchos kilómetros y visto muchos lugares, pero no encuentro la paz. Las calles me han amparado de lluvia y sol, pero no de mi propia mente. A veces siento que mientras más lejos voy, más me alejo de mí.
- Entiendo tu pesar, aventurero. También he recorrido pavimento buscando sin encontrar. Pero no te aflijas, a veces el burro patalea sin tener enemigos físicos.
  Esto harás, irás a una montaña, durante tu próximo viaje, subirás a su cumbre y allí acamparás tres días. Luego de eso, ve a tu casa y disfruta.
- Gracias, Padre. Usted ya me ha dejado rastros de tranquilidad.

El viejo tomó uno de sus perros y comenzó a acicalarlo, con paciencia le buscaba algún parasito entre los pelos. Mientras, comenzó a cantarle una suave canción, a veces la tarareaba y otras levantaba la voz. En cualquier caso, si desease gritar a los cuatro vientos, nadie sería capaz de escucharlo, pero él mantenía un susurro armonioso y menguante.

Llegó finalmente la mujer adinerada de su viaje al río, él se mantuvo en su silla baja mientras la mujer descendía del lujoso automóvil. Esta vez su angustia no se le notaba, más bien se la veía fresca, y traía con ella un bolso.

- ¿Cómo se sienten todos? – Consultó el viejo con un ojo entreabierto porque le daba el sol en el rostro.
- Todos estamos mejor, más aliviados gracias a usted.
- Hija, agradezca al río, al agua que éste lleva. Así como el líquido viaja de un lado a otro, así son nuestras emociones. A veces es necesario esperar en la orilla hasta que la corriente se apacigüe y luego, dejar las emociones correr, que sigan el cauce rumbo al mar.
- Entonces gracias al río que nos vio llorar y se llevó nuestras lágrimas. Aun así, aquí le traigo dinero, mucho, en forma de agradecimiento.

El viejo tomó el bolso, lo abrió, sacó un papel y se lo devolvió.

- Este papel que tengo en mi mano, es lo único que necesitaré para mi último aliento. Vaya con su Dios, mi Señora.

La mujer se retiró sin comprender que quiso decir el anciano. Al llegar a su casa y contar el dinero, notó que el viejo solo recogió la nota de agradecimiento con la foto de su hijo. Esta vez, el llanto no fue con amargura.

Llegó la pareja, con ánimos renovados y el mismo amor. El viejo estaba por sentarse a comer unas semillas de girasol y unas almendras, al verlos llegar, les hizo seña de que entren y se sienten con él.

- ¿Cómo está, Padre?
- Tan feliz como ustedes, mis queridos. Coman conmigo, por favor.

- Gracias, mi señor.
- ¿Saben por qué los envié al bosque? – los interrogó el anciano observándolos detenidamente mientras se comía una almendra de la punta de sus dedos – El agua transita por el mundo y a sus orillas van generando vida, pero sin la tierra es muy difícil que ésta prospere y crezca. El fuego ya lo tienen, el agua también, mas el aire es calmado en ustedes, pues solo necesitaban donde sembrar la semilla. El bosque, es donde los árboles aseguran que se puede crecer firme y seguro, pues por esto los envié allí.
- Para nosotros fue un alivio, hemos acampado antes, pero pasó mucho tiempo de esto. En cambio esta vez fue diferente, creo que nos hicimos uno con la naturaleza.
- En realidad, se hicieron tres en uno.

Pasado unos minutos entre silencios y charlas, los jóvenes emprendieron su regreso. A los 8 meses y 17 días, la joven dio a luz un niño cuyo nombre fue Neville.

Llegó el momento del joven con problemas económicos, y el viejo lo seguía con la mirada mientras éste se acercaba. Una vez que llegó a la puerta, el anciano lo abrazó y le dijo que así sin más volviera a su casa porque lo estaban esperando. El pobre niño quiso saber más y él solo le dijo:

- Así como se forja el oro para convertirse en moneda, así has hecho contigo – y lo despidió con alegría.

El joven, al llegar, recibió un llamado, fue citado a una entrevista de trabajo y su economía se estabilizó. Al poco tiempo, comenzó a generar ganancias y luego fue abriendo locales comerciales por todo el país.

El viejo giró, me sonrió como sabiendo que estuve allí todos esos días y dijo:

- El último hombre, el motoquero, está en la cima de una montaña (a más de 1500 msnm), el oxígeno suele disminuir, lo que produce que la mente tenga lentitud en su raciocinio. Pues, el estar allí, calma todos sus pensamientos, ansiedades y dudas y, cuando llegue a su casa, la paz será con él.

Por cierto, también hubo un Quinto Elemento, más sutil, perdido entre la vida, encontrado dentro de los otros cuatro.

- ¿Y cuál es, Maestro? – Pregunté, ahora que él podía verme.

Y antes que éste me diera resolución, desperté en mi fría habitación.

LÁGRIMAS Y CENIZAS

"Allí habían llegado. "Sin alegría vinimos, ¡ay! Queríamos ver nacer el día. ¿Cómo hicimos? Único [era] nuestro rostro en nuestro país de donde nos hemos arrancado", decían cuando hablaban entre sí en la tristeza, en la angustia, en el sollozar de la voz. Sin aliviar sus corazones hablaban hasta el alba."

Popol Vuh

Estaba sentado en mi sillón durante la madrugada, viendo televisión como muchas noches seguidas estuve haciendo. En ese zapping existencial, comencé a ver una película que llevaba un largo tiempo de comenzada. Luego de unos largos minutos hubo una parte emotiva de la misma y quise llorar, sentía una opresión inmensa en mi pecho, como un grito agudo que deseaba salir. Mi mente decía "Pero no tienes ganas de llorar ¿Por qué pasa esto?". Y comprendí que mi cuerpo necesitaba desahogarse, dejar salir todas las heridas que nunca cerraron, ese dolor me estaba adormeciendo y estaba acumulado en mi corazón como una vorágine de fuego que hacía estragos en otras partes ¿Cómo eliminar esa opresión? ¿Cómo alivianar ese peso? Abatido por la mala experiencia, decidí acostarme y dormir, la noche estaba bien alta como para seguir a esas horas.

Una vez dormido, una voz de mujer me susurraba al oído, en un tono sensual, tosco y rasposo producto del susurro, quizás. No podía ver su figura, ni saber su ubicación precisa, solo la escuchaba e imaginaba cómo sería físicamente por el erotismo que me inspiraban sus palabras.

- Ven conmigo, Adrián – decía casi imperceptible –. Sigue mi voz, relajate.

Caminé a ciegas, tanteando el ambiente que me rodeaba. Escuchaba como si existiese un manantial cerca, un suave sonido de agua golpeando rocas de manera armoniosa, un canto de ruiseñor se acercaba y pasó zumbando a unos metros, sentí como se detuvo y seguía llamando a sus pares que a lo lejos le respondían. "Ven Adrián, relajate" seguía diciendo la voz y yo daba pasos inseguros entre la espesa neblina que cubría el lugar donde me encontraba. Era como jugar un "Marco-Polo" en la oscuridad, solo que aquí parecía más un amanecer sombrío. La bruma comenzó a evaporarse suavemente y frente a mí había un edificio enorme, tan alto que no podía ver su fin por las nubes. Tenía unas ventanas espejadas, que solo reflejaban el sol detrás de unas colinas ¿Un edificio en medio de un bosque? Es tan raro como solo en los sueños pueden suceder.

Llegué hasta su entrada y recordé que los bosques albergan espíritus de toda clase, buenos o malos, y por eso los antiguos hechiceros, o brujas, se internaban en ellos para poder desarrollar sus habilidades "¿Y si es una bruja que me está manipulando? ¿Y si mi alma será robada dentro del edificio?". Comencé a inquietarme, a sentir un frío pánico correr por mi columna vertebral, hasta que volví a oír la voz sensual.

- Calma Adrián, en los bosques también habita la Madre en forma de árbol. Por eso es que siempre verás mujeres dibujadas como tronco de ellos. Quien se introduce en ellos es para buscarla y pedir su ayuda, no para otro fin tan honorable que ése.

Sonó convincente en su argumento, pero seguí parado allí un instante contemplando la enorme entrada. Luego vi un cartel que no había notado, una marquesina que dictaba "1, 2 y 3 de este mes presentamos "Lagrimas y Cenizas" por Adrián Lucero" ¿Qué era esto? ¿Por qué mi nombre estaba allí? La curiosidad terminó por tomar la decisión, el impulso que me faltaba para adentrarme a dicho lugar.

Al ingresar, un llamador de ángeles sobre el blinde sonó, giré para observarlo y era un delicado adorno de vidrios coloridos y metal. Observé que la sala de estar tenía unos sillones finos y delicados junto a una mesa ratonera de color oscuro, existían unos ventanales enormes que dejaban ver la naturaleza externa en su máximo esplendor y todas las paredes eran de distintos colores. Luego noté tres puertas enumeradas, cada una de con un color llamativo y vivaz y con raras formas geométricas. Quizás sea un museo modernista, como no sé de arte asumiré que se llama así.

Como la lógica lo demanda, ingresé a la puerta número 1. Allí había una decoración de parque infantil, con calesitas, toboganes, subibajas y unos arcos de fútbol miniaturas. Miré los cuadros en las paredes y me acerqué a ellos, el primero era un niño de espalda, bien engrupido con un jeans con tirantes, un pulóver rojo con rayas amarillas, con sus manitos en los bolsillos y observando otros niños jugar con autitos tirados en la tierra. Al fondo se veía unos mayores, como levantando una pared en medio de la nada. El siguiente cuadro era el mismo niño corriendo a la par de otros, con adultos al costado de la pista alentando la carrera infantil; en el mismo cuadro, se podía ver al chiquillo levantando un juguete como trofeo de su victoria. Esta imagen me hizo sonreír, pareció ser un hermoso día para él. De pronto una suave melodía sonó en la habitación, por momentos se oía risas de bebés mezclada con cantos escolares infantiles, con aplausos y la voz de una maestra guiando ese coro. El siguiente cuadro tenía al chico con un guardapolvo blanco, jugando al "primero sin tocar" con sus compañeros sobre una arena desparramada, quizás existía alguna construcción en la escuela en esos momentos. El sonido armonioso con risas de infantes jugando seguía sonando y comencé a conmoverme. En otra escena estaba el mismo niño, con unos años más, mirando de frente a una niña de pelo lacio y ojos verdes, con sus codos sobre el pupitre y ambas manos en su rostro sosteniendo su cabeza. "Su primer amor" pensé, una linda secuencia de imágenes acompañaban a ésta, mientras que sonaba un coro de niños cantando "los que se pelean se aman" en forma de burla. Seguí observando esa hermosa infancia, con algunas escenas de travesuras y regaños por las mismas, con campos verdes, tramperos y subido a árboles bajando frutos de distinto tipos.

Después pasé a otra habitación contigua, con una transición de oscuridad hasta la siguiente sala que estaba adornada con uniformes escolares, corbatines, polleras, guitarras, balones de distintas disciplinas, bicicletas y algunas luces de colores al mejor estilo club nocturno. En el ambiente sonaba un remix de canciones de rap, reggaetón, cumbia, cuartetos, pop y rock envolviendo el aire en una energía juvenil. Me acerqué a los cuadros y vi que el mismo niño estaba sentado solo, al final del aula, cabizbajo, tímido y con miedos. En la escena no era el único, muchos de sus compañeros estaban en la misma, o similar, posición retraída. Me trajo algo de nostalgia, creo que todos pasamos por ese incómodo momento del primer día de clases con desconocidos. En la próxima estaba el mismo niño vergonzoso con uno mayor que lo señalaba y se reía, pero en la siguiente el mayor era el avergonzado y él, con mirada perversa se burlaba. Después se lo veía sentado en medio de un grupo de chicas, todas prestándole atención y riendo en confianza, el niño introvertido se estaba convirtiendo en un galán. La siguiente secuencia lo mostraba andando en bicicleta al amanecer, con auriculares en sus oídos y a gran velocidad, ya era mayor, quizás unos 15 años por la confianza y firmeza al manejar. En otro cuadro se lo veía entrenando, con pantalón corto y botines, dentro de un campo de fútbol. Luego se lo veía ingresar al campo de juego junto a su equipo, todos con unas camisetas de franjas rojas y blancas, pantalones blancos y medias rojas. No encabezaba el grupo, estaba en medio de la fila, quizás era un mediocampista o lateral.

Fui a la sala contigua, esta vez la transición fue luminosa, tanto que hasta sentí esperanzas en mi estómago. Al estar dentro, sentí una enorme decepción, habían botellas de alcohol por los rincones, paquetes de cigarros de gran tamaño, escenas obscenas y explicitas de sexo eran proyectadas en el techo y hombres de aspecto oscuros sostenían blísteres de pastillas y cigarros de marihuana. Me acerqué al primer cuadro de esa exposición y vi al joven en la puerta de la Universidad, con rostro de alegría y lleno de energía. Luego, en otra obra, el joven estaba de fiesta en algún bar con amigos, se lo veía radiante y fuera de sí. También lo vi sentado en un escritorio, quizás su primer trabajo, orgulloso de sus logros y lleno de vitalidad. Finalmente se lo veía con una chica, una linda mujer con unos ojos brillantes y mejillas sonrojadas, estoy seguro que eso era el amor en sus rostros. Pero luego la penumbra tomaba las escenas, con sus manos se sujetaba el pelo en la puerta de la facultad, con fuerza, con dolor quizás. En otra escena semejante, estaba llorando con una botella de alcohol en una mano y un anillo en otra, después estaba harapiento, con ropa gastada y una descuidada barba. Éste era el último cuadro de la sala, tantas imágenes que transmitían tantas emociones. Lloré desconsoladamente antes de salir, me tomé unos momentos para recuperar el aire, pero era difícil de contener el arroyo de lágrimas en el que me encontraba.

- Lee el pie del último cuadro – dijo la voz femenina y sensual que me hizo entrar allí.

"Solo depende de nosotros qué deseamos recordar y la manera de hacerlo". Decía en un rincón del último cuadro. Recuperé el aliento y salí de aquella sala para adentrarme en la segunda. Cuando estuve dentro, un pasillo con luz blanca me encandilaba. El decorado de ésta habitación era con sillones familiares, televisiones, camas y, como en la anterior sala, muchas insinuaciones a vicios. Busqué los cuadros en las paredes, pero no había nada, entonces me senté en el sillón para meditar qué significaba todo esto. De pronto, un proyector se encendió frente a una pared blanca. Una filmación al estilo años 20 comenzó a proyectarse, el protagonista se levantaba y no hacía nada, se sentaba en un sillón sin hacer nada, se paraba en la puerta de su hogar sin hacer nada y luego volvía acostarse. Al final de la misma, en una placa negra estaba escrito "Solo nosotros decidimos hacer algo o no hacer nada". Todas las luces se apagaron y un camino de luces en el suelo me indicaba la salida.

Intenté asimilar dentro de mí todo aquello que había ocurrido, todo lo que había visto y sentido en las salas anteriores. Al pararme frente a la tercer y última puerta, había un cartel que decía "Al salir, no olvide encender el fósforo" y con una flecha roja señalaba una cajita "Tres Patitos" debajo del mismo. Recordé que en casa de mi abuela se utilizaban esos fósforos para encender las hornallas o el termo tanque, sonreí con nostalgia por aquél pequeño detalle. Guardé el pequeño objeto en mi bolsillo y entré a la tercera habitación, era un lugar lleno de plantas, pero en cada hoja, había pequeños dibujos, casi imperceptibles a simple vista. Detrás del pórtico había una lupa, la tomé y me acerqué a ver cada hoja.

En una de ellas había un auto lujoso; en otra, una casa; en otra, una sensual mujer; en otra, una familia sonriente; en otra, había un desierto con una casa precaria; y en otra, estaba un hombre con una lupa observando una hoja, busqué otra hoja y allí estaba el mismo dibujo y así, con decenas de ellas. Comencé a impacientarme, el tipo en cada dibujo era yo, con la vestimenta y tonalidad que llevaba puesto en ese momento. Caminé unos pasos y otra vez sentí la melodía armoniosa con la que fui bienvenido en aquel lugar. Llegué hasta otra puerta y en una placa de bronce decía "Lágrimas y cenizas son un mismo resultado, ambos marcan el fin y el inicio de algo". Abrí la puerta de "Salida" y la voz sensual me habló:

- ¿No vas a encender el fósforo?
- ¿Es necesario?
- Si quieres seguir cargando con la mochila...

Saqué el cerillo de mi bolsillo, lo presioné con fuerza y dejé asomar su punta rosada. Lo puse contra la pared y lo deslicé con fuerza y velocidad, la combustión entró en ella y lo lancé en medio de las plantas, comenzó a ejecutarse un enorme incendio y me apuré en salir. Me alejé unos treinta metros y vi como todo el edificio comenzaba a incendiarse con una rapidez asombrosa. Toda la estructura colapsó y comenzó a caer. Mientras esto sucedía disminuía en tamaño hasta que solo quedó una hoja de papel que se balanceaba danzante hasta donde me encontraba. La tomé con cuidado y leí lo que tenía escrito en ella, la doblé en dos partes y la guardé en el bolsillo, comencé a caminar y desaparecí de ese agradable lugar para encontrarme nuevamente en mi cuarto, en mi cama.

Fui hasta la cocina, me serví un vaso de agua y mientras lo bebía recordé la nota. Tanteé el bolsillo y había un papel, lo tomé, lo leí y solo era un recibo de algunas compras que hice el día anterior. Sonreí con sorna y decidí bañarme para salir a buscar trabajo en una hora más.

EL RITUAL

"María de la Antilla, tan nombrada en antiguos conventos medievales, fue exactamente la gobernadora. Tales brujos y aquelarres la denominaban "Santa María". Cuando investigaba en el mundo de los qliphos sobre esa extraña criatura, cómo compartía su vida con tantos magos negros, cómo podría meterse entre tantos aquelarres, sin embargo, jamás le vi eso que podríamos llamar "perversidad". Los tenebrosos de la Mano Izquierda, las Criaturas Sub-Lunares, le rendían culto y consideraban a esa Maga no como algo tenebroso, sino como una Santa"

Samael

Estaba en la parada del colectivo cuando ella apareció, con un caminar de leona dominante, ojos fijos al frente y cabeza levantada. No era una mujer normal, era segura de sí, con el control de su propia vida y esto asusta a la mayoría de los hombres, como yo por ejemplo. Se detuvo junto a mí, contuve la respiración porque su perfume Carolina Herrera invadía sus pasos danzantes. Allí se quedó, observando la lejanía de calle Santa Fe, como buscando el autobús que la llevaría a su palacio. No podía ignorar su figura, su vestido verde mate, largo y ajustado hasta los tobillos, con un corte en la parte izquierda que llegaba hasta mitad de su muslo, esto la convertía en el deseo de los transeúntes cobardes que abundamos en el mundo. Se dejaba ver una panza, como un útero inflamado, quizás la moda definiría esto como "fealdad", pero si los filósofos, matemáticos o cualquier científico define la perfección, estoy seguro que no la vieron a ella ese mediodía.

Nadie en tres metros a la redonda se le acercaba, salvo mi presencia que nunca se inmutó. Tenía eso de que con su solo parar emite la frase "No te me acerques, no me hables, no me mires, no nada" como si recitase la oración a San Jorge cada vez que sus pies se mueven. No era alta, su metro sesenta bastaba para acumular el perfume más dulce. Ojos escurridizos, que en ese momento tenían una tonalidad miel casi amarilla, haciendo juego con su cabello rubio con rizos en sus puntas. Tez casi blanca, con un tostado perfecto en sus brazos, sin marcas de remeras, ni musculosas... pero su cuello, era un lugar ideal para besar durante horas. Apreciarla en esos diez minutos desde que llegó, me hizo sentir un hormigueo en la boca del estómago, algo que pocas veces sentí, una especie de excitación, atracción, deseo... una energía que me empujaba en cada tic-tac a acercarme.

Llegó el bondi que esperaba, dejé subir a las mujeres y ancianos como mi educación lo manda. Comencé a sentirme horrible por no haberme animado a charlar con ella, supuse que el no hacer es hacer y traté de darle un último vistazo antes de subir. Pero de pronto ella pidió permiso para subir y delante de mis ojos se elevaba levitando como una diosa ascendiendo a las nubes. Cuando culminó estaba la cara del viejo chofer mirándome con sorna por mi cara embobada.

- ¿Subís? – gritó. Lo hice cabizbajo porque me sentí un tanto avergonzado.

Como de costumbre, iba parado en el pasillo. Traté de ir bien atrás para ver donde bajaba la mujer más bonita que mis ojos pudieron ver. Sin darme cuenta, ella estaba a mi lado, fue tanta mi atención en ir al fondo del bus que ignoré donde se encontraba ubicada y claro, fui a parar a su lado. De pronto, como si los astros quisieran jugar, ella comenzó a hablarme.

- ¿Sos el que atiende el almacén? – Preguntó.
- Si – respondí un tanto asombrado – ¿Vivís cerca de mi casa?
- Si, bueno. Ahora vivo con mi pareja porque estoy embarazada. Pero ahí vive mi mamá, fui varias veces a comprar a tu casa ¿No te acordás de mí?
- ¿Vos solías ir a comprar con una chica flaquita que tiene tatuajes?
- ¡Sí! Ella es mi hermana.
- Mirá vos, nunca supe cómo te llamabas.
- Tampoco sé cómo te llamas – risas cómplices se encendieron –. Me llamo María ¿Vos?
- La Santa – dije sonriendo.
- Ojalá lo fuera – dijo con picardía.
- Soy Gabriel.
- Como el ángel – se burló.
- Como buen Gabriel vengo para anunciarte que estás embaraza – y las risas se entremezclaron tímidamente.

Momentos después se desocuparon dos asientos donde nos acomodamos para continuar nuestra calurosa charla. Risas, bienestar, curiosidades, simpatía y un buen humor reinaba en los asientos gastados que poco a poco se iban desocupando y reocupando cuadra a cuadra. Cuando llegó el momento de despedirnos, una parte de mí se fue con ella y debo admitir que me sentí culpable por sentirme tan bien con otra mujer que no fuera mi pareja. Pero, al fin y al cabo, ella también lo estaba y lo nuestro en ese momento no era un pecado.

Pasaron los días, semanas, meses y poco más de un año para volverla a ver. Ese reencuentro no fue lo mismo que el anterior, la gripe había tomado mi juventud convirtiéndola en un trapo húmedo y sucio. Así, y todo lo que ello conlleva, atendía el negocio tomando recaudos sanitarios para no esparcir el virus.

- ¿Cómo estás? – Preguntó del otro lado de la ventana mientras aún la abría.
- Como podés ver, tratando de no caer.
- Si, veo que estás jodido. Encima en esta época que el calor es intenso, difícil bajar la fiebre.
- Ya quiero morir, pero bueno, sin darme cuenta me sigo resistiendo.
- Como todo hombre, exagerando una gripe – y comenzó a reírse de mi lástima –. Necesito un favor.
- Decime.
- Me robaron un perro, es un cachorro de dogo blanco. Si sabés algo ¿Me podés avisar?
- Sí, no te hagás problema que si me entero de algo te aviso con señales de humo.
- Mejor te doy mi número por si no veo las señales.

Añadí su contacto como "Dogo Blanco" y la despedí. Traté de estar en paz con mi enfermedad y fue cuando recordé la amargura de mi separación. La tempestad llegaba ayudada con la alta temperatura, y el dolor físico se mezclaba con el dolor emocional. La tarde era larga como la desesperanza de esa situación.

Cuando dos almas están destinadas a estar juntas, la mente bloquea constantemente las situaciones en que ambas deben juntarse. Aun así, los hilos ya fueron tejidos y los encuentros seguirán dándose hasta que sea el momento justo. Así fue que pasaron los meses y el corazón comienza a tener las heridas cerradas donde apenas se pierde algo de dulzura. En este punto es cuando la vi pasar por la puerta de mi casa mientras sacaba la motocicleta para irme a trabajar. Apuré el trámite y la alcancé a unos doscientos metros.

- ¿Quieres que te lleve?
- Si no te molesta...
- Dale, subí – una vez andando quise entablar la conversación más incómoda que se pueda realizar – ¿Hasta dónde vas?
- ¿Qué? – hablar con el casco puesto es muy tedioso. Así que esperé a que nos detuviera el semáforo.
- Hasta dónde vas te pregunté.
- Cerca del hospital ¿Pasas por ahí?
- Te puedo dejar a unas cuadras – mentira, fui por el camino más largo al trabajo. En teoría, ese desvío me costó 5 km más de lo normal. – ¿Qué harás esta noche? – Pregunté mientras se bajaba de la moto para tomar su camino.
- Ahora me voy a la casa de una amiga y me quedo allí hasta mañana ¿Por qué? ¿Vas a invitarme hacer algo?
- ¿Cómo lo supiste? – y comencé a reírme – Voy con un amigo a celebrar los logros del año, si quieres ir me avisas.
- ¿Con señales de humo?
- Puede ser, pero si no cambiaste de número te envío un mensaje por si no veo las señales.
- Eso puede ser. Bueno, entonces espero tu mensaje.
- Dale, cuídate – Saludos cordiales de ambos y a continuar la vida.

En la tarde le envié un mensaje, por poco olvidé hacerlo... como olvidé que por siete meses tuve su número y nunca le escribí. La busqué entre los contactos como "María", "María la del Barrio", "Mari", "Mariajauana" y no estaba, entonces hice memoria y recordé que figuraba como "Dogo Blanco". Después de unos breves chats terminó por decretar una negativa a la invitación. Meditando, esa noche, con mi amigo Esteban, descubrimos que la posible intención de que me diera su número aquella vez pudo ser que quería salir en ese momento, pasado ese tiempo, el café se enfrió. Pocas veces tomé valor para hablarle a una chica, la mayor parte de las veces me refugio en la soledad que la timidez brinda, pero con ella sentí confianza y lleno de valor para gritarle lo que me producía.

Ya tuve decepciones de conquista, sé que con confianza en mí mismo puedo estar con la mujer que desee. Pero luego de la separación mi autoestima estuvo por el suelo (¿A quién no le pasó?). Uno se siente feo, incapaz, insuficiente y desconfiado. Por suerte esas sensaciones van desapareciendo, y uno comienza a tener contacto con el mundo donde va haciéndose valorado, eso ayuda a construir relaciones de otro tipo. Consejo si te acabas de separar: Haz muchos amigos que te hagan salir a distintos lugares la mayor parte de los días a la semana. "¿Cómo hacer amigos? Inscríbete en cursos, habla con tus compañeros de la facultad o del trabajo, utiliza redes sociales, comparte memes (hoy en día eso une a las personas). Conocí personas interesantes, otras no, pero me llevaron a lugares raros, como villas peligrosas un martes a la madrugada, donde si no te robaban te secuestran... lindas experiencias. A pesar de esto, forjé alianza con Esteban, pasó por lo mismo que yo meses después y ambos compartimos el dolor sin expresarlo. Esta confianza nos permitió salir a buscar chicas con quienes entablar una relación amorosa, por lo que mi timidez se disipó un tanto. Es por esto que para María ya tenía una gran confianza para ir tras ella.

Pasó el tiempo y ninguno de los dos forzó un contacto, fue como si ambos quisiéramos, pero ninguno daba el primer paso. Bah, mentiras que dan risa, después de ese sábado olvidé escribirle y ella ni siquiera debió notar mi aparición en su vida. Nunca crean que porque alguien les gusta, la otra persona también lo hace. No debemos falsificar las emociones de quien estamos enamorados. Muchas veces, uno pasa por la vida de otras personas sin generarle el más mínimo estreñimiento.

A pesar de no quererme generar ilusiones, le escribí (era obvio que lo haría tarde o temprano). Grandiosa vida me invadió cuando su respuesta seca y tosca llegó. Ya que di el paso, debía tener un motivo, pues "¿Qué mejor que preguntarle por el perro?" pensé como mejor excusa. Nunca lo encontró, metida de pata por mi parte. Después de eso, silencio absoluto por unos días.

Llegó la noche en que se apareció en mi casa, toda hermosa como quien lleva una virtud por la vida. Algunos piensan que la belleza es peligrosa, que atrae gente peligrosa y, hasta ese momento, discrepaba con ellos. Tal fue mi sonrisa de bienvenida que una charla se encendió. Hablamos de varias cosas interesantes, compartimos gustos de libros, discrepamos con géneros musicales, pero para sorpresa mía, coincidimos en un recital del cual no se animó a hablarme esa noche por miedo a que no la reconociera (sorpresa amarga, ya que si lo hubiese hecho, todo este chorizo de olvido no hubiera sucedido). En fin, todo muy lindo hasta que quiso menospreciarme, a su juicio, con un tema que creyó no estaba enterado. Y pues, para mí fue "¡aguantá! Que de biodecodificación sé bastante" y lo que empezó como un tema que ella creía que ignoraba, se convirtió en una charla sobre espiritualidad, breve, pero rica en contenido. Hasta que me anunció algo curioso, y de lo que al final me arrepentiría de saber.

- Soy bruja – dijo fuera de toda broma, con semblante firme y el entrecejo arrugado. Bella postal de su rostro, debo admitir. Algunos son motivados por la sonrisa de una dama, pero a veces el verlas serias suele ser más gustoso porque sus facciones se transforman.
- ¿A qué orden pertenecés? – pregunté manteniendo la seriedad del momento.
- A ninguna, soy autodidacta.
- ¿Sabés que eso es peligroso, no? Porque se necesita de un maestro/a para que te guíe.
- Si, lo sé. Pero las Wicca te cobran para enseñarte, las gitanas dicen saber, pero muchas no saben nada y chantas que quieren aprovecharse existen en todas las órdenes.
- Sí, eso pasa mucho. Te recomendaría que busques a alguien que te inicie, pero vos ya sos grande y tal parece que sabés bien lo que haces y a lo que te expones.

- Gracias por comprender, Gabriel. Algunos te juzgan cuando le decís algo así, pero vos lo tomás como algo normal.
- Es que lo es, todos los caminos llevan a Roma.

Después de este enorme y dichoso descubrimiento, si me gustaba, pasó a atraerme de modo que quería saber de ella todo el tiempo. Intercambiamos mensajes seguidos, no todos los días, pero si cada vez que la situación se daba. La mayor parte de las veces ella enviaba el primer mensaje porque a mí me gusta darle espacio a las personas, por lo que me dedico más a responder que a preguntar.

Así como había días de aventuras, había semanas de lagunas. Pasaba el tiempo y el encuentro demoraba, más los mensajes no saciaban la sed de amor que ella me producía. Pasaron así un par de meses, hasta que una noche llamó para pedirme un favor y charlar un rato. Así como soy de tímido, también lo soy de servicial, pues cuando alguien pide por mí, allí estaré dando todo lo que mis manos y pies puedan.

Llegó alrededor de la 1 con una noche fresca detrás de ella. Las estrellas brillaban tímidas, mientras una brisa zondina arrastraba la helada de agosto. La hice pasar solo para resguardarla de alguna alergia y le ofrecí té con algunas semitas que sobraron de la mañana. Busqué el libro que me pidió, era uno de bolsillo con unos versos cortos llamado "Que Fácil Es Volar" de Antonio Machado. Lo necesitaba para enseñarle a leer a su hermano menor, por lo que sabiendo que jamás volvería a verlo se lo "presté". Charlamos hasta las 3 más o menos, luego dijo que ya la fueron a buscar así que debía irse. Supe que no era alguien de carne y hueso lo que la fue a buscar, como también sé que "eso" no podía entrar en mi casa. Antes de marcharse dijo que pronto sería su cumpleaños, que tal vez haría una fiesta con amigos y si deseaba ir. Acepté solo porque un conocido que no veía hacía años estaría allí y sería bueno verlo para que me ayudara con algunas cuestiones musicales.

Todo bien, todo mal. Estaba invitado a un cumpleaños y no tenía nada en manos para regalarle, por ende debía comprarle algo con suma urgencia. En una charla salió el nombre de Edgar A. Poe, un libro de tal sería ideal como regalo. Fui, conseguí una colección de cuentos ya que "El Cuervo" lo tomé como un libro que muchos tienen en su biblioteca. Si ella era fanática de él, tal vez lo tenía y una colección de cuentos vendría bien. Al ojear dicho libro descubrí que La Carta Blanca con Dupin era anterior a Sherlock Holmes y que debió ser influencia para Sir Arthur Conan Doyle. No es algo novedoso lo que descubrí, pero para mí si lo fue y, además, era una afirmación a mi reflexión de que "todos somos la copia pirata de alguien más".

Llegado el día, le dije que me avisara para ir porque tenía un evento esa tarde y cuando saliera pasaría por su casa. Dijo que no se iba hacer nada, y luego, a las 11 me llamó para saber si nos podíamos ver, le dije que la pasaría a buscar y de paso comprábamos algo para comer. Estuvo de acuerdo con el plan y nos quedamos unas horas en una casa de comidas rápidas. Una vez allí bebimos unas cervezas y cenamos unos tostados y luego una hamburguesa cada uno. De verdad les digo, esa cristiana tenía un estómago insaciable y comía como perro atado. No le duró cinco minutos la comida, y para mí eso fue hermoso. A tal punto que me brillaban las pupilas verla así de satisfecha. Hablamos mucho, de todo, de nuestras vidas, de algunos dolores pasados, fetiches de todo tipo, hasta que me dijo por qué no se hizo nada al final.

- Pasa que habría gente falsa, muchachos que tal vez quieren tener sexo conmigo y otros que les viene bien la excusa para emborracharse.
- ¿Y por qué a mí?
- Quería estar con alguien con cerebro, con quien pudiera hablar sin tapujos ni límites.
- No sé si fue un halago o un insulto, pero siento que caí en el círculo de los amigos – y me reí a carcajadas de la mala sensación que esas palabras me produjeron. Ella rió conmigo, por lo que no lo tomé mal.

- No, estúpido. Fue un halago y no caíste en ese círculo, al contrario... − justo en ese momento estábamos subiendo a la moto, sentí unas enormes ganas de besarla, pero ya estábamos con los cascos puestos y medio bebido no podría hacerlo porque nos caeríamos. Por ende, emprendimos el viaje de regreso. −Tengo las manos frías − dijo mientras rodeaba mi cintura con las mismas. Tomé una de ellas y la metí en el bolsillo de mi campera, luego tomé la otra e hice lo mismo. Sentí como cerraba el puño y luego se sujetaba firme. Al llegar a su casa, se metió deprisa por el frío de la madrugada.

Al día jueves siguiente me robaron el celular, para el día sábado tenía uno nuevo y llegó un mensaje de ella pidiéndome un favor. Una tontería que usó de excusa para verme, como el día de su cumpleaños no le entregué el libro, aproveché la oportunidad para llevárselo. Cuando le di el paquete, en la penumbra que reinaba en la puerta de su casa, tuvo la reacción que mi mente esperaba: mirada de decepción. Soy un experto en esa expresión corporal, porque la gente siempre me hace regalos que no me gustan y mi rostro lo demuestra. Ella tenía esa expresión. Me fui sonriendo porque sabía que eso sucedería. A los 30 segundos me llamó por teléfono para que regresara, lo hice y cuando salió, me abrazó fuertemente.

- ¿Por qué me abrazás?
- Porque con la oscuridad no vi el regalo, al entrar lo vi y te juro que me encantó.
- Callate, decís eso para que no me sienta mal.
- No, de verdad. Sos un amor, nunca nadie me regaló algo así.

Luego de unos mimos y sonrisas me fui. "Otra vez no la besé" pensaba mientras caminaba, como si eso sirviera de algo, como si hiciera alguna diferencia, como si sumara a lo que ya sentía. La verdad que eso no haría ninguna diferencia, esta etapa era la más bonita. Las personas buscan relaciones serias, lo que yo buscaba era una relación bonita, una con emociones, energías, no sé, que tuviera amor.

Al sábado siguiente, la invité a salir y dijo que sí. No preguntó dónde, ni en qué, solo dijo un horario porque debía hacer dormir a su hijo. Solo esa condición ¿Saben cuántas personas en el mundo dicen que "si", sin las preguntas tontas como "¿Dónde vamos a ir? ¿Qué vamos a comer?" o cualquier otro cuestionamiento irritante? La sentí como la mujer perfecta.

Pasé a buscarla a la hora acordada, subió y nos fuimos. En el camino compramos cuatro cervezas, las guardamos en su bolso y nos fuimos a un cerro que tiene una vista hermosa y es tranquilo por las noches. Allí nos quedamos charlando, riendo y apreciando el silencio. Contemplando la vasta existencia del mundo inmóvil a la percepción. Todo muy lindo hasta que se escuchó ruidos entre las piedras y entramos en pánico, recogimos las latas y comenzamos a bajar. Debo admitir que no quería hacerlo y a mitad del descenso había una especie de descansos donde uno se puede sentar, unos bancos de piedra hechos para eso, allí nos sentamos nuevamente y otra vez hablamos. Esta vez eran susurros, no hacía falta alzar la voz, los enamorados casi no se hablan, se entienden con tan solo mirarse. Llegó un punto en que estábamos en silencio, frente a frente y nos abrazamos. Acto seguido, comenzamos a besarnos, al principio con timidez, luego con confianza y finalmente con pasión. Cuando el volcán se enciende, no hay manera de detener la lava y luego de un rato los cerros hicieron erupción sacudiendo las placas tectónicas que allí se encontraban, consumando la furia que el amor suele acumular.

Las siguientes veces que nos vimos fueron similares, llegó un punto en que era tanto lo que nos veíamos que comencé a tener miedo de involucrarme seriamente. No era que no lo deseaba, solo que tenía miedo de decepcionarla. Todos sabemos que las primeras semanas el sol brilla, quizás los primeros seis meses, después los diablillos salen a la luz. Traté de sacar mis defectos bien al descubierto, si ella se percató, que los reafirmara. Si íbamos hacer esto, tenía que ser sincero. Aproveché que ella quería saberlo todo de mí, entonces no solo se lo dije sino que con el tiempo se lo demostré. Si estaba, que estemos completos, con luz y oscuridad. Pero como nunca ofrecí seriedad, terminó yéndose hacia donde sí se lo ofrecieron. Jamás la juzgué por tomar esa decisión. Sino que lo vi sensato debido a que eligió un hombre que tenía los cimientos como para ofrecerle lo que necesitaba.

Ella se fue, se esfumó como un fantasma desaparece tras las rejas del cementerio. Y a pesar de mi malestar emocional producto de la ilusión de querer y no hacer, unas manifestaciones físicas de lo emocional me hicieron añicos por unas semanas.

Pasaron siete meses desde la última vez que la vi. Supe que convivía con su pareja y que estaba bien, o al menos eso creí. Una noche apareció en la puerta de mi casa, justo me estaba bañando cuando mi padre me avisó que ella estaba afuera. Salí casi de inmediato, con el pelo húmedo y me puse lo primero que encontré. La abracé con fuerza, con todo el arrepentimiento y cariño que nunca pude darle. Sonreímos, pero no se veía tan bien. Tenía sus ojos hinchados y algo de ojeras, como si hubiese estado llorando varias madrugadas. Su piel pálida, había subido de peso, su pelo no tenía brillo y ya no era la mujer segura de sí que vi por primera vez.
- ¿Cómo estás? – dijo sonriente mientras aún me tenía abrazado con fuerza.
- Bien ¿Cuándo me viste mal? – le respondí sonriendo.
- Jamás, tenés razón – y apoyó su cabeza en mi pecho por un breve instante.
- ¿Vos? ¿Estás bien?
- Bien – mintió.
- ¿Y por qué tenés los ojos hinchados y no tenés buen semblante?
- ¿Se me nota? – dijo mientras me soltaba y en un gesto de amabilidad le señalé un banco de piedra para que tomase asiento.

- Para alguien que te conoce, claro que se nota.
- No puedo hablar mucho.
- ¿Por qué?
- Me espían – dijo señalando el celular.
- Sacale la batería – no sé nada de hacker, solo vi en las películas que sacándole la batería no pueden saber tu ubicación ni utilizar el micrófono del celular. Hizo lo que le dije y se desató la angustia.
- Mi pareja está loco, no puedo hablar con nadie sin que él se entere. Me sigue por las cámaras en las calles. Lo sabe todo.
- ¿Lo denunciaste?
- ¿Con quién? Si es amigo del jefe de policía, tiene canales de televisión y radios. Nadie me dará voz – la abracé, fuerte, traté de darle la protección que no sentía.
- Sabés que conmigo estás segura ¿Si? No tenés de qué preocuparte mientras estés aquí.
- Ya sé, por eso necesito pedirte un favor.
- Decime, por vos todo.
- Necesito que me lleves a un campo, uno que no tenga cámaras cerca.
- ¿Para qué? – y antes de que dijera algo, la interrumpí – Mejor no me digas, en moto no podemos. Pero por acá cerca hay uno que podemos ir caminando. No hay cámaras y tampoco tiene vecinos cerca ¿Cuándo vas a querer ir?
- El miércoles, desde las 7 ya me puedo librar. Podemos pasar la noche si querés ¿A qué hora entrás a trabajar?
- A las 9 de la mañana. Si no hace tanto frío nos quedamos después de que hagas lo que debas hacer. Sino, puedes dormir acá. No habrá problemas.
- Bueno ¿A qué hora vas a estar? Para pasar a buscarte.
- Como a esta hora, trabajo de 9 a 9 prácticamente, pero a esta hora, casi seguro estoy.
- Bueno, ahora me tengo que ir porque ya me tardé mucho.
- ¿Volviste a casa de tu mamá?

- Si, también me controla porque hice algo terrible. Algo de lo que me voy arrepentir toda la vida.
- ¿Qué hiciste?
- Dejé a mi hijo un mes entero sin verlo. Siempre me voy arrepentir.
- Tranquila, de los errores se aprende.
- Siempre sos tan... así.
- El miércoles entonces. Avisame cualquier cosa.
- No puedo avisarte, vos esperame que voy a pasar.

Cuando se fue, al rato, el pánico se apoderó de mí. Esa madrugada sentí que me golpearon la ventana de mi habitación y las puertas. Esto suele pasar cuando alguien tiene mucho deseo de verte, o en el peor de los casos, un espíritu maligno. Y justo ella reaparece en mi tiempo y espacio. Tomé el teléfono y le avisé a Esteban de la visita que tuve. Se burló de mi mala suerte y comenzó a realizar chistes pesados hasta que le dije para qué se hizo presente. Dijo que tuviera cuidado, sabía que nada bueno podía esperarme y que tuviera prudencia con ella alguna vez en la vida.

Llegó el miércoles, tenía todo listo para fugarme. Preparé una mochila con cosas que me podrían servir, como si me fuera a un campamento. Llegó y casi sin palabras comenzamos a caminar. Tenía una mochila, con algo de vidrio dentro, por el ruido, y vaya a saber qué más había. Nos adentramos en la espesa oscuridad que el campo brindaba, comenzamos a caminar unos cientos de metros hasta que entre unos árboles dijo "aquí". Bajó la mochila, sacó un frasco de sal y comenzó a realizar un círculo de dos metros de diámetro, hizo una estrella pentagrama y comenzó a colocar velas en cada punta. Yo solo observaba, desde la distancia, sin animarme a tener participación ya que, si esto era deshecho, también cargaría la réplica. Encendió las velas y se arrodilló dentro del círculo, estuvo unos segundo y puso una foto del tipo en el suelo, le ató una cinta que no vi el color por la poca iluminación, sacó unas ramas y golpeaba la foto, lo insultaba y le gritaba al pedazo de papel en cada sacudida que le daba con el ramillete. Al terminar me pidió que me acercara, lo hice y me pidió que entrara. Me negué y en ese momento vi sus ojos. Eran esferas completamente negras, la piel de su rostro estaba rasgada, agrietada. Y comenzó a tener una voz grave, incipiente, brutal.

- Entrá en el círculo, te dije.

Como el miedo me invadió, comencé a reírme. Metí la mano al bolsillo y saqué la cruz de Cristo de madera que estaba en la puerta de mi casa, no se la mostré, solo la sostuve con fuerza. Eso me dio confianza y seguridad, entonces me paré firme inflando el pecho.

- Si no entras te haré entrar.
- Vos no me podes tocar, tampoco podes salir.
- Yo no, pero los que vienen conmigo nunca entraron – Comenzó a reírse como victoriosa, a carcajadas roncas y tenebrosas.

Comenzaron a oírse ruidos sobre las ramas, las velas tenían una llama grande como una antorcha, pero no alumbraban donde estaban los ruidos. Pareció llegar un viento fuerte y me empujó con fuerza hacia el círculo, me incorporé y volví a ser topado de un lado, luego de otro y finalmente uno más fuerte que casi me dejó dentro. Caí con fuerza, pesado y cuando abrí los ojos, allí estaba ella con una daga en la mano, la levantó, dijo algo en otra lengua e intentó apuñalarme, cuando le mostré la cruz se detuvo en seco. Comencé a rezarle a San Jorge y luego a San Benito, con cada palabra en latín, un paso más lejos daba hasta que salí de allí. Sin perder de vista la figura del Hijo del Hombre, con una luz blanca en mis pensamientos, comencé a correr. Llegué a mi casa y coloqué la cruz nuevamente en la puerta. Cuando hice esto, fue como si un ventarrón golpeara todo el frente. Traté de no pensar en ella, pero debí dejarla allí y un rastro de culpa me sigue hasta hoy.

Por la mañana fui al lugar, no había sal, no había rastros de velas y mucho menos rastro de ella. Solo había una cosa extraña en el paisaje: la cruz de madera colgada en un árbol. Mi cruz, la cruz de mi hogar... no la tomé, la dejé allí y me fui. Nunca más volví a ese sitio, tampoco pasé cerca de allí y, no menos importante, hace más de dos años que no sé nada de ella, por suerte.

ESA PARED

"Ningún hombre nace en el Mundo siendo Maestro, y por esa razón estamos obligados a aprender. Quien se dedica a ello y estudia, aprende; y un hombre no puede tener título más vergonzoso y malo que el de ser una persona Ignorante."

Abramelin, Hijo de Simón

La vida de Juan "El Transportista" no era exactamente eso, sino que era una rutina. Todos los días era lo mismo, repetitivo, constante, reiterativo. Hasta los domingos eran iguales, las mismas situaciones una y otra vez; de momento a momento era lo mismo. Hacer lo mismo, decir palabras similares, las mismas personas, los mismos diálogos ¿Cómo era un día, de entre todos los días iguales, de Juan? Eran esto:

Por la mañana se despierta, abre sus ojos porque el despertador del celular suena estridente (se podría decir que es irritante el sonido que hace) y eso produce que su humor sea irritante el resto de la jornada. Saca la mano derecha debajo de la sábana, porque siempre despierta de costado, con el brazo izquierdo casi adormecido por el peso del cuerpo y el derecho lo tiene con más flexibilidad. Toma el celular y apaga la alarma, lo cual llega a encandilarlo por el brillo, refunfuña por ese efecto psicodélico en sus ojos y a duras pena ve la hora. Se incorpora a un lado de la cama, bosteza exageradamente, semidormido se coloca las zapatillas y va al baño golpeándose con el guardarropa que está a un lado de la puerta, insulta en voz baja y luego ingresa al baño que está junto a su habitación. Allí hace lo que cualquiera de nosotros haría, lavarse la cara, cepillarse los dientes, orinar... el orden no importa mientras cumpla su cometido. Sale más espabilado, estirando los brazos y las piernas, dirigiéndose a la cocina donde coloca la pava, que siempre está por la mitad y donde solo presiona el botón para que comience a calentar. Vuelve a la habitación y acomoda su cama, de manera sistémica saca las almohadas, el acolchado y la sabana; sacude y vuelve a colocarlas ordenadamente. Regresa al comedor, saca la misma taza, del mismo lugar donde la guarda todos los días y lo mismo hace con el saquito de té, echa el agua sin llenar el envase y lo completa con un chorro de agua fría, le coloca las 3 cucharadas de azúcar de la misma medida, exacta. Toma su teléfono, coloca la misma canción de todos los días (Dale! De Catupecu Machu) y se sienta a beber su té el tiempo justo que dura la canción. Se viste con su ropa de obrero, saca el auto del garaje y se va a trabajar. Por el mismo camino de siempre, las mismas calles y frenando en los mismos semáforos; es tan rutinario que los tiempos de los semáforos coinciden con su recorrido, lo cual siempre los encuentra en verde. Una vez en el trabajo, marca su ingreso y toma su camión de reparto. Tres días va a los mismos lugares y tres días va a otros mismos lugares.

Esto fue así por mucho tiempo, varios meses, años. Un día debía cambiar, no era vida, no era vivir. Por lo tanto el destino jugó su carta y le cambió el recorrido, un cliente nuevo, alejado de todos los otros, en un lugar recóndito. La primera vez fue un golpe a su tiempo, no estaba acostumbrado, no era lo que él hacía todos los días. La segunda vez tuvo unos minutos más de ventaja, ya sabía su nuevo desvío en el recorrido. La tercera vez ya estaba hecho y derecho al lugar.

Así transcurrieron los días y las visitas al mismo lugar, hasta que apareció esa bendita pared, un muro cualquiera, en medio de la ruta. Estaba lejos, como a mil metros, se veía pequeño desde el punto donde se encontraba en la ruta. De momentos, mientras avanzaba, era de un color y luego de otro. No solo eso, sino que a veces estaba lejos y otras veces estaba más cerca. "Quizás sea efecto de la luz" se justificaba tratando de darle una explicación lógica.

Su rutina estaba cambiando, ahora esa pared era parte de ella y le era intrigante saber por qué sucedían esos efectos visuales. Reflexionó más allá de lo razonable, quiso buscar una respuesta alternativa. Pensaba en esa pared todo el tiempo sin cesar.

La pared no era más que eso, como dije, estaba a quinientos o mil metros, sobre una pradera, como una pequeña muralla china en medio de los pastizales. Quizás medía 2 metros de alto, quizás 3 o 4; es difícil saber su tamaño real desde ese punto. Se podría decir que tiene 50 metros de largo, quizás la mitad... tal vez el triple. Lo que importaba era su existencia y cómo fastidiaba en la rutina y confort de Juan "El Transportista".

Se detuvo al costado del camino, a unos cien metros, para observarla. Bajó del camión y caminó hasta ella. A medida que se acercaba, su tamaño era distinto. En vez de agrandarse, parecía achicarse... por momentos sucedía lo que debe suceder, se hacía de gran tamaño y su color se mantenía. "Esta pared es lo que no me deja avanzar" comenzó diciéndose "quizás deba derribarla y así podré seguir mi camino".

Fue hasta el camión y sacó una llave inglesa, de gran tamaño y peso. Se dirigió hacia la pared, decidido, iracundo y rezando para que su instrumento demoledor sea suficiente y eficaz. Esta vez, a medida que se acercaba, la pared se hacía pequeña, tan pequeña que una vez que estuvo al lado no era más que 2 filas de ladrillos mal apilados y de dos metros de largo. Giró a ver su camión y se veía pequeño.

Juan "El Transportista" comprendió el problema, desde lejos se ve grande, pero una vez que tratas de entenderlo y te decides a terminar con el obstáculo en tu vida, éste toma su tamaño real, se convierte en un cuarto de lo que fue, quizás menos, y ya no es algo que deba preocuparte.

UN INMOLADO MÁS

"En verdad soy tu Señor. Quitate pues las sandalias, pues estás en el Valle de Tuwa; Y te he elegido; escucha, pues, lo que se te revela"

Corán 20:13-14

Llegué a mi casa y todo estaba oscuro, deseé que ella estuviera conmigo, que me acompañara en esta misión que estaba a punto de emprender. Pensé en lo orgullosa que estaría al saber que tomaría el cielo por asalto, con mis manos, con mi cuerpo. Imaginé, y traté de sentir, el calor de sus brazos rodeando mi esquelético cuello y su suave voz murmurando en mi oído palabras de aliento, de calor, de fuerza.

Tomé el celular dudando, necesitaba el valor para esta noche larga de arduo trabajo y puse el nasheed "ramadaan". Placer misterioso a los tímpanos, majestuosidad musical que me acompañaría en esta penumbra eterna. Pasé al siguiente mientras preparaba todo con el brillo de la luna llena a mi espalda, como masajeando mis hombros tensos de la concentración minuciosa que me mantenía ocupado, tratando de que nada se vuelque, que nada se rompa, que nada escape de los cinco frascos que me llevarían al cielo.

Pelé y conecté cada cable con detenimiento, armé todo al detalle como el mensajero dijo e hice la prueba de reacción... no salió bien. Revisé cada cable nuevamente, el circuito central y las uniones con los frascos (o hasta este momento, donde suponía que debían ir) y encontré finalmente la falla. Arreglé y seguí revisando, esta vez estuvo todo en orden – sentí paz, sentí placer de ver que cada paso era cumplido y la voluntad de Alá se llevaba a cabo – volví a probar y el artefacto hizo el sonido esperado. Un "clic" tan simple como eso, tanto esfuerzo solo para que ese sonido fuera mi búsqueda, mi comunión y mi consagración. Era hora de armar todo, finalmente. Un orgasmo espiritual recorrió mi cuerpo, como si Gabriel cantara en mis venas, en mi corazón. Seguí el compás balbuceando oraciones de alabanza, de gratitud, de amor a la tarea que me fue encomendada. Usé pegamento para cada cable, circuito y envase donde la mezcla turbulenta haría su ebullición, todo en un chaleco de traje viejo que solía usar para ir a trabajar. Dejé que secara hasta el amanecer y fui a beber agua, no podía comer nada.

Fui a dormir, me concentré en que el último sueño sea la proyección de mi alma satisfecha de cumplir el mandato. Proyecté el palacio de oro que tendría junto al "Mesías" con sus grandes jardines y las fuentes de agua cristalina con sus acabados en gemas preciosas. Alabado sea Alá por darme esta oportunidad de formar parte de sus filas, de haberme elegido para cumplir sus mandatos, por darme la posibilidad de estar a su lado. Mi familia entendería y en ese bello lugar los esperaría, con una fiesta de siete días les serviría para darles la bienvenida a nuestro nuevo hogar, la casa de uno de los elegidos de Alá.

En la mañana, luego del Salat, revisé que todo estuviera firme en el chaleco, me aseguré que hasta los botones del mismo estuvieran firmes y no sean fáciles de desprender. Comencé a echar el brebaje dentro de los frascos, con mucho cuidado de no terminar con mi ofrenda antes de lo previsto. Coloqué hasta la última gota y dejé que el tiempo corriera, la impaciencia de que la hora prevista demoraba me llevó a dar una vuelta por la ciudad, un recorrido corto, turismo en su mínima expresión, para ver los detalles citadinos que en el transitar diario se disimulan y no se pueden apreciar con detenimiento.

Tomé un tren y miré las expresiones desencajadas de sus pasajeros, todos tan introvertidos, malhumorados, con sus ojos llenos de tristeza por los quehaceres rutinarios. Y yo ahí, con la felicidad inundando mis arterias por el pasaje a la inmortalidad que me esperaba en la noche "¿Por qué nadie sonríe? ¿Por qué sus misiones diarias no son provechosas para su ajetreado espíritu?" Alá nos envía con su propósito a cada uno, el mío ya estaba claro pero ellos debían buscarlo. Bajé del tren y enfilé a mi departamento nuevamente, traté de recordar ese zéjel que mi padre cantaba en mi infancia, debía hacerlo por mi tradición, por mi comunión con mi linaje, con mi ascendencia.

"Dime Alá de mi corazón
Ya tengo el casco, el armazón

Líbrame de mis enemigos,
Rodéame de amigos,
Llena mi bolsa de trigo
¡Haz que no pierda la razón!
Dime Alá de mi corazón
Ya tengo el casco, el armazón
Muéstrame el paisaje
¡Dale respeto a mi linaje!
Haz fructífero este viaje
– Que no me alcance la desazón –
Dime Alá de mi corazón
Ya tengo el casco, el armazón."

Repitiendo una y otra vez, cuadra por cuadra, paso a paso y luego escalón por escalón llegué a mi apartamento. Contento de haberlo recordado, alegre por la buenaventura que me esperaba y feliz porque le llevaría honor a mi sangre.

Un banquete estaba listo desde el día anterior, permisos a los hombres santos y guerreros de Alá. Luego del Salat, me senté apaciguadamente para degustarlo, tomé el pan con mi mano derecha y lo corté al medio, dejé que las migajas cayeran sobre el mantel blanco. Tomé una porción de cordero, agradecí la abundancia de comida para este nuevo y último día; y comí despacio, sin apuros, tranquilo de mente y cuerpo. Lo repetí con las ensaladas y las frutas, una por una fui agradeciendo y comiendo. Mi copa rebosaba de agua fresca, pura y también era motivo de gratitud. Todo en este día estaba bendito para mí, porque solo los beatos tienen el honor de habitar junto al Señor y su "Mensajero". Por esto que debía ser provisto de la abundancia antes de partir con ellos.

Y así fue, así será.

Esperé el ocaso, hice el quinto y último Salat del día e imploré por mi buen viaje. Tomé el chaleco sutilmente y me lo coloqué, traté de que el detonador quedara cerca de mi mano derecha y por unos centímetros no quedaba en el punto exacto, pero a pesar de eso el uso sería indicado. Puse una campera por encima de modo que sea suelta, cómoda y que me ayudara a ocultar todo el artefacto. También procuré que sea fácil de quitar y permitiera la movilidad del torso a modo de precaución.

Bajé las escaleras con una mezcla de emociones altivas y nerviosas. Ansioso por mi paso a la inmortalidad. Repetía ese zéjel tradicional de mi familia. No quise imaginar el momento, no será algo agradable. No he pensado en el dolor o las quemaduras, en mi mente solo se juega al placer de sentirme dichoso.

Llegué a la estación de tren, miré alrededor y nadie sospecha de mi decisión, de mis creencias ni de mi chaleco. Trepé al primer subte que se detuvo y caminé por los pasillos mirando a los ojos de cada pasajero que se empecinaban por vivir una vida que no era vida "¿quién soy yo para juzgarlos?" el mismo Jesucristo (qué Alá lo tenga en la gloria junto al Mensajero) dijo que no hay que juzgar o seremos juzgados... pero no los juzgo, solo no los entiendo. No entiendo cómo pueden vivir vacíos de fe, del espíritu de Alá todo poderoso. Eso esta noche terminaría, llegó su salvación, su salvador. La noche me salvó muchas veces y en esta noche moriré para la gracia de todos.

Finalmente llegué al primer vagón, había unas veinte personas allí, conmigo. Veinte personas privilegiadas de ver mi bonanza, mi sacrificio para con ellos. Me puse de espalda mientras el tren se movía a gran velocidad, no quería ver sus rostros cuando notaran lo que cargaba. Miré el reflejo de los vidrios y comencé a bajar el cierre lentamente, disfrutando el sonido atorado de los dientes al desengancharse. Sentí placer al llegar al final y ver que todo seguía intacto, sin problemas. Con el chaleco a la vista, giré a ver mis espectadores. La primera en darse cuenta fue una joven, bonita, de cabello colorado y ojos de color. Pegó un grito y un salto que alertó al resto de la tripulación. Todos me miraban inmóviles, nadie se animaba a escapar.

- Nadie se mueva o explotamos – Hablé con autoridad, advirtiendo lo que sucedería si no se cumplía con mi palabra.

Era mentira, pase lo que pase la explosión era inminente. Observé el rostro de la primera jovencita, tenía las mejillas rojas, con lágrimas en sus ojos, se agarraba fuertemente del brazo de un hombre de traje buscando protección y él rezaba entre dientes un Padre Nuestro. Una anciana, frente a ellos se persignaba constantemente mientras lloraba y sus manos nerviosas fallaban en ese acto. Yo sonreía, sonreía porque el Altísimo me estaba esperando orgulloso de mi sacrificio. Un joven, morocho, con una mochila y una patineta entre sus piernas me observaba con ira, rencor, odio... lo miré directamente a los ojos, me compadecí de él y de cada uno de los que estaban allí. Sentí pena por la vida que llevaron, pero sé que Alá será piadoso con ellos por acompañarme en este final. No los entiendo y ellos tampoco me entenderán, la verdad siempre fue una y no es la vida que llevaron, es otra, es esta.

Lo viejo no acaba de morir y lo nuevo nacerá de la mano de Alá nuestro Señor. La verdad se hizo débil por el miedo que nos envolvió durante tanto tiempo, pero hoy soy la verdad y he venido a salvarlos. Salvación para todos y cada uno en este tren porque Alá es grande, lo es todo y ahora me espera con los brazos abiertos. Eso le da paz a mi alma, honor a mi familia y estatus en mi sociedad.

- ¡Allahu Akbar!

ZULO Y LA FIEBRE DE LA GRANJA

"Más os digo, amigos míos: No temáis a los que matan el cuerpo, y después nada más pueden hacer. Pero os enseñaré a quién debéis temer: Temed a aquel que después de haber quitado la vida, tiene poder de echar en el infierno; sí, os digo, a éste temed".
Lucas 12: 4-5

Resulta que un estanciero, viéndose obligado por los tributos adeudados al Estado, debió viajar a la capital para arreglar las cuentas y sus impuestos atrasados. Consciente que esto lo demoraría más de un día, decidió soltar a los animales de la granja para que anduvieran dentro del terreno. Confiaba en que todo estaría bien ya que los animales no escaparían por el nuevo cerco que hizo el verano anterior y, a modo de prueba, los liberó una semana sin perder uno de sus bichos. Con la sensación de seguridad y con unos tesoros, emprendió su viaje.

Los animales, viendo que recobraron la libertad y eran dueños de su existencia, comenzaron a festejar haciendo el mayor bullicio posible y con saltos alegres por toda la granja. Las gallinas cacareaban hasta poner en punta sus plumas, los caballos relinchaban y galopaban por todo el terreno, los conejos saltaban uno encima del otro y luego se quedaban tirados panza arriba en el césped; los cerdos se revolcaban en su chiquero y todos sucios se atropellaban a la carrera. La vaca, con su lentitud y pasividad, los observaba, pero por dentro su ánimo también estaba de fiesta. Los corderos, en cambio, se mantenían quietos y en orden, como un batallón de infantería.

La noche se hizo dueña de los establos, gallineros y corrales. El brillo de las estrellas acentuaba el silencio de los inocentes animales que, luego de tanto festín, estaban exhaustos. Los corderos seguían de pie, firmes, sin salir de su corral, hasta que el sueño comenzó a vencerlos uno a uno.

Cuando los primeros rayos enérgicos del sol llamaron al alba, el gallo salió a dar las buenas nuevas de un hermoso día por delante. Cada animal salió a ejecutar su ritual y rutinaria vida de cada día, pero eso estaba a punto de cambiar cuando un lobo saltó la cerca y comenzó a correr en dirección de las gallinas. Estas, al ver semejante animal salvaje dejando salir baba de su hocico y mostrando sus dientes, saltaron y revolotearon sobre el techo del chiquero. El lobo pasó zumbando debajo de una de ellas y emprendió carrera en dirección a los conejos que, habiendo notado su presencia cuando se dirigía a las gallinas, corrieron velozmente en dirección al establo donde tenían una madriguera profunda. Cuando el lobo se vio sin suerte y en desventaja, atacó a los cerdos que se defendieron en estampida con intenciones más salvajes que la que él había forjado toda su vida. Ante el pánico corrió hacia la vaca, perseguido por los chanchos, y se desvió en dirección a los corderos que no se inmutaban. La vaca, al ver que sus vecinas eran presas fáciles, se puso delante arrinconando al feroz lobo que ya no tenía escapatoria.

- ¿Por qué nos atacas, lobo? – Preguntó la vaca.
- Porque eso hago – Respondió el lobo.
- Pero nosotros no te hicimos nada. No tienes motivos para hacernos esto.
- ¿Acaso debo tener uno?
- Claro que sí, todo tiene un motivo.
- Quizás lo hago porque tengo hambre.
- Pero podrías ir a devorarte a quien te ataque, un oso, un león, no sé.
- De esa manera sería devorado por ellos. No me conviene.
- Creo que deberemos hacer contigo, lo que tú deseabas hacer con nosotros.
- ¡No! – Gritó uno de los corderos que se encontraba detrás de la vaca – no podemos convertirnos en lobo.
- Pero ibas a ser devorada por él ¿Cómo puedes defenderlo?
- No lo defiendo, solo no quiero que cometamos un error y que, cuando el humano venga, nos vea como monstruos por matar y devorarnos un lobo.
- Quizás deberíamos hablarlo entre todos – propuso un cerdo.

En el granero se reunieron los representantes de cada especie para juzgar al lobo. El cerdo de la idea fue designado como representante porque era quien había demostrado racionalidad, los demás se quedaron a custodiar al lobo para que no escapara. El gallo, como líder patriarca de las gallinas, ocupaba otro de los lugares designados. Un caballo, que sin ser acechado por el lobo, también merecía un lugar en el consejo.

Uno de los conejos y el borrego tomaron la posición designada por sus compañeros de granja y, finalmente, la vaca presidia el improvisado concilio.

Al principio era una calurosa discusión en la que no se entendía nada, la vaca trató de calmar los ánimos y debatir civilizadamente, pero eso sucedió cuando la palabra "matarlo" salió desde el conejo. Todos quedaron atónitos porque era un ser pequeño y adorable que sacó una fibra de venganza de entre tanta ternura. El caballo no estuvo de acuerdo, argumentó que sus antepasados le contaban de la libertad y peligros de los campos, que siempre hay un predador y la atención y seguridad la debe llevar uno mismo. El conejo, en su defensa, dijo que no quería vivir con miedo e inseguridad solo porque el lobo exista. El cerdo dijo que el lobo jamás dejará de ser lobo y que, tarde o temprano, cazaría de nuevo. El gallo que parecía seguro, estaba impaciente porque se encontraba en una trifulca y debía decidirse de qué lado se iba a poner. El borrego, inmutable, dijo que cada quien es lo que es y que no podemos ser algo que no somos, por más que lo intentemos. La vaca reflexionaba cada argumentación y decidió dejarlo a votación.

Mientras el resto debatía el futuro del lobo, el cordero que defendió su vida lo miraba con desconfianza y decidió conocer más a quien le generaba esa inseguridad.

- ¿Cómo te llamas, lobo?
- En mi manada me decían "Zulo"
- ¿Y qué pasó con tu manada?
- No sé, supongo que se los comieron.
- ¿Y cómo sobreviviste hasta ahora?
- Como lo quise hacer con ustedes, cazando ¿Si no de qué otra forma?
- Entiendo, tu naturaleza es cazar.
- ¿Y tu naturaleza cuál es?
- La mía es ser obediente, crecer y servir al humano con mi lana.
- El humano también te puede cazar ¿Lo sabías?

- Si, lo sé. Pero para eso nos tiene, para cumplir con sus mandatos.
- ¿Y cuál es la diferencia conmigo?
- Él nos alimenta, nos cuida de rufianes como tú, nos da abrigo y trata de que estemos bien.
- Eso es peor que lo que yo hago. Lo mío es una necesidad básica y admito que abuso de eso, pero criar un ser, hacerlo creer que estará bien y seguro, alimentarlo y luego servirse de su carne... eso es una atrocidad.

En ese momento salió la turba de animales del granero, se acercaron al lobo, observaron al cordero y comenzó a decir la vaca: "Lobo, por venir a perturbar la paz y las buenas costumbres de quienes habitamos en esta estancia, hemos decidido, en común acuerdo, que debes pagar con justicia toda la injusticia que nos has traído". El cordero, anticipando la desgracia gritó "Eso no es justicia" y el carnero de un empujón lo sacó. Y, antes que los animales ejecutaran la venganza soñada, el lobo gimió de miedo y con valor: "Ustedes me mataran en manada, con la excusa de la justicia, porque un solo hombre les hizo creer que estarán seguros aquí ¿Y el salvaje soy yo?"

Terminada la oración, la faena comenzó. Los puercos, con aire de autoridad por haberlo custodiado, arremetieron con fuerza tirándolo al piso y aplastándolo con sus patas, algunas ovejas junto al borrego siguieron a los cerdos, los conejos aportaban con sus esponjosas patas traseras sobre el hocico. El caballo, para no ser menos entre sus vecinos, pateó al lobo, la gallina le picoteaba los ojos hasta que la vaca se abrió camino y se dejó caer con todo su peso dándole así, el último adiós a Zulo.

El estanciero, al llegar y ver pedazos de cuero del lobo por toda la granja y todos los animales con tranquilidad, se sorprendió con una perspectiva alegre. Observó que todos tenían restos de sangre del lobo, menos el cordero, que se mantenía apartado en un rincón. Luego, reflexionando en su silla reposera, entendió que podría ser el próximo Zulo, por lo que decidió matar a todos los animales, menos al cordero que dejaba señales de no haber participado en el linchamiento. Se dignó a vender sus carnes y cueros para recuperar algo de dinero invertido y, así, poder traer nuevas crías para formar un nuevo ganado.